AUCH ENGEL
LACHEN TROTZDEM!

Impressum
Schriftsatz, Grafik und Illustrationen: Peter Meissner
Verleger und Herausgeber:
Kral Verlag - Kral GmbH (Inh. Robert Ivancich)
J.F.-Kennedy-Platz 2, A-2560 Berndorf
Email: office@kral-verlag.at
www.kral-verlag.at

1. Auflage / Erschienen in Berndorf 2021

ISBN: 978-3-99024-994-9

Auch Engel lachen trotzdem!

65 heitere Weihnachtsgeschichten zum Vor- und Selberlesen

INHALT

Vorwort

Corona hat uns ja um eine seltsame Erfahrung reicher gemacht. Ich weiß nicht, wie es Ihnen ergangenen ist, aber ich hatte während der Lockdowns das Gefühl, eine Art Niemandsland zu betreten. Die Zeit spielte auf einmal keine Rolle mehr, nicht nur die Stunden und Tage, sondern überhaupt das ganze Kalendarium des Jahres.

In unserem Wohnzimmer fand sich noch im April ein vergessener Kerzenhalter des Christbaums, und während ich über ihn ganz spontan ein paar Zeilen schrieb, kippte ich ohne jede Absicht in den Advent – um dort zu bleiben, bis alle Geschichten dieses Buches fertig waren. Sonst gab es ja nicht viel zu tun.

Während draußen die Obstbäume blühten, dachte ich an Barbarazweigerl, und während eines Internetmeetings fiel mir auf, dass einer der Teilnehmer so aussah wie der heilige Nikolaus. Weil die Paketzusteller Hochkonjunktur hatten, kam mir zu Bewusstsein, dass unser Heim zu einer Art Familien-Postzentrale für unsere drei Töchter geworden war, und beim Auftauen tiefgekühlter Marillenknödel musste ich plötzlich an einen Schneemann und dessen heiß geliebte Schneefrau denken.

Was immer mir begegnete, führte zu einer weihnachtlichen Assoziation, und das kam mir schließlich selbst schon merkwürdig vor. Aber wenn einem die Ideen schon einmal so zuflattern, sollte man sie auch landen lassen.

Apropos fliegen – man kann in diesem Buch immer wieder zwei kleinen, vielbeschäftigten Weihnachtsengeln namens Ambrosius und Blasius begegnen. Sie hatten es zur Zeit der Pandemie besonders schwer, aber es gab trotzdem immer wieder viel zu lachen!

Peter Meissner

Die Wolke sieben ist ja bestens bekannt, das ist die, auf der jene Menschen schweben, die gerade besonders glücklich sind. Gleich daneben befindet sich die Wolke acht mit den zwei Weihnachtsengeln …

AMBROSIUS UND BLASIUS

„Hallo, ihr Leute da unten! Ich bin Ambrosius, einer der Engel, die dem Christkind beim Verteilen der Geschenke helfen. Und hier ist mein junger Freund und Kollege Blasius!"

„Hallelujah!"

„Hast du auch schon dieses nervöse Flügelzucken, wenn du an die Arbeit denkst, die vor uns liegt?"

„Nein, ich bleib ganz cool! Nach dem, was wir in der Coronakrise erlebt haben, kann mich nichts mehr aus der Ruhe bringen!"

„Gell, das war arg! Weißt du noch? Zuerst wollte man auch uns Engeln Homeoffice verordnen. Aber wie sollten wir dann die Wunschbriefe der Kinder aus den Fenstern holen?"

„Na gut, die Kinder hätten uns ja auch ein Mail oder eine SMS schreiben können!"

„Aber dann wollten sie ja auch noch diese kontaktlose Selbstabholung der Geschenke! Hätten die Menschen alle zu uns raufkommen sollen und sich ihre Packerln persönlich abholen?"

„So ein Quatsch! Zum Glück hat das auch unser Infektiologenengel Virus Bakterius gesagt! Also haben wir's gemacht wie immer – halt mit dieser Maske …"

„Die auf der Erde sind aber wieder einmal ganz schön ins Schleudern gekommen! Und weißt du, was mich wundert?"

„Na?"

„Seit ich mich erinnern kann, jammern sie herum, dass im Advent so ein fürchterlicher Trubel wäre. Und wie's dann wegen Corona einmal wirklich eine Stille Nacht war, hat's ihnen auch nicht gepasst!"

„Ja, die Menschen sind schon eine merkwürdige Gesellschaft!"

Max und Marina hatten beschlossen, ihn nach langer Zeit wieder einmal zu besuchen, den nahegelegenen …

ADVENTMARKT

Voller Vorfreude und Arm in Arm machten sie sich auf den Weg.

„Kannst dich noch an den alten Holzschnitzer erinnern? Ob's den noch gibt?", fragte Max.

„Da war doch auch diese ausgeflippte Frau mit ihrem Silberschmuck und der irgendwie eingerauchte Hinterglasmaler!", fügte Marina hinzu, und neugierig gingen sie durch den mit Myriaden von leuchtenden Sternen verzierten Torbogen.

„Ein Wahnsinn, wie groß der Markt g'worden is!", wunderte sich Max. „Da simma jetzt, glaub ich, in der kulinarischen Abteilung! Magst vielleicht einen von den Feuerflecken?"

„Schau ma lieber erst zu den Kunsthandwerkssachen! Wo sind denn die?"

„Keine Ahnung! Da gibt's jedenfalls nur Kaiserschmarren und Blunzengröstl!"

Max und Marina schlenderten weiter, vorbei an Hütten mit Palatschinken, Käsespätzle, Bauernkrapfen und Wildschweinburger. Besonders beeindruckt waren sie von einer Vitrine mit 20 verschiedenen Sorten Leberkäs, aber noch immer hatten sie keinen einzigen Kunsthandwerker entdeckt. Vorbei an Gulaschsuppe, Kräuterschnaps und Mohnzelten erreichten sie die Glühwein- und Punschabteilung, die nahtlos in einen Bereich mit Käsespezialitäten überging.

„Da vorn ist schon der Ausgang, und ich seh nix wie Sachen zum Fressen und Saufen!", schimpfte Max, während

Marina beinahe in einen rosaroten Ballen gesponnener Zuckerwatte lief.

„Aber dort … glitzert doch was!", schnaufte Marina.

„Schaut das nicht aus wie Schmuck?"

Tatsächlich! Es gab eine Standlerin mit wunderschönem Christbaumbehang, und die sagte: „Entzückende Figuren hätt ma da! San alle aus Schokolad und Marzipan!

Wollen S' eine kosten? Vielleicht mit an Stamperl Mozartlikör?"

Max und Marina gingen enttäuscht nach Hause und beschlossen, ihren Schmuck selbst zu basteln.

Der Legende nach soll die heilige Barbara auf dem Weg ins Gefängnis mit ihrem Kleid an einem Zweig hängengeblieben sein. Das abgebrochene Ästchen wurde ins Wasser gestellt und erblühte an jenem Tag, als Barbara das Martyrium erlitt. Es bringt angeblich Glück, das …

BARBARAZWEIGERL

4. Dezember: Ich weiß gar nicht, was passiert ist. Heute früh war ich noch im Winterschlaf auf meinem Forsythienstrauch, und jetzt stehe ich plötzlich in einer Blumenvase im Wohnzimmer der Familie Wessely. Da bin ich übrigens nicht alleine. Dicht neben mir stecken auch noch drei Zweige vom Kirschenbaum. Sie kennen sich genauso wenig aus wie ich.

5. Dezember: Ich weiß jetzt mehr! Wir sind Barbarazweige, weil wir gestern – am Tag der heiligen Barbara – hier in die Vase gestellt wurden. Die Wesselys erwarten von uns, dass wir am 24. Dezember blühen. Ich kann mir das nicht vorstellen, weil doch noch lange nicht Frühling ist.

10. Dezember: Natürlich noch keine Spur von Blüten, obwohl ich zugeben muss, dass es hier im Zimmer ziemlich warm ist. Die drei Kirschenasterl neben mir behaupten übrigens, dass nur *sie* richtige Barbarazweige wären. Mich hätte nur die Tochter der Wesselys hier in die Vase gesteckt, weil ihr der Kirschenbaum zu hoch ist.

18. Dezember: Sensationell! Die Kirschenzweige haben wirklich zu blühen begonnen! In ihrer weißen Pracht sind sie jetzt natürlich noch eingebildeter als vorher. Bei mir tut sich gar nichts.

23. Dezember: Was sagt man! Die Kirschenzweige werden welk! Einige Blüten haben sogar schon Blätter verloren, und Herr Wessely hat uns enttäuscht in eine Ecke

gestellt. Ich hab sogar was von Wegschmeißen gehört. Meine Karriere als Barbarazweig wird zu Ende sein, bevor sie noch begonnen hat!

24. Dezember spätabends: Es war ein wunderbares Weihnachtsfest. Wesselys Tochter hat entdeckt, dass ich über Nacht drei goldgelbe Blüten bekommen habe. Ich als Forsythienzweig hab es als Einziger geschafft, genau am Heiligen Abend zu blühen. Puh! Das war aber knapp!

In vielen Gegenden sind sie seit Jahrhunderten gemeinsam unterwegs, aber heute weht ihnen ein rauer Wind entgegen. Gemeint sind …

NIKOLAUS UND KRAMPUS

„Du, Nikolaus!", sagte der Krampus. „Ich muss dir leider sagen, dass ich mit der Gesamtsituation sehr unzufrieden bin! Gerade vorhin ist mir wieder einmal klar geworden, dass früher alles besser war!"

„Wieso denn?"

„Na erinnere dich doch! Überall sind wir gemeinsam aufgetreten! Ich hab ein bisserl mit der Kette gerasselt und die Zunge gezeigt, damit du noch heiliger dastehen kannst!"

„Und wie war das mit der Butte, in der du die schlimmen Kinder mitnehmen wolltest?"

„Das war doch eine Erfindung der Erziehungsberechtigten! Ich selbst hab so einen Blödsinn nie erzählt!"

„Kann sein, aber imagemäßig ist es dir entgegengekommen!"

„Fest steht, es war eine Win-Win-Situation für uns beide!"

„Die Zeiten sind aber vorbei, weil sich die Eltern heute Sorgen machen, dass die Kinder wegen dir irgendwelche Ängste bekommen könnten!"

„Du meinst, sie sind in den letzten Jahren empfindlicher geworden? Und was ist dann zu Halloween, wo sich manche selbst so grausig verkleiden, dass sogar ich mich fürchte?"

„Du Ärmster!"

„Und denk dran, was sich die Kinder alles im Fernsehen anschauen oder im Internet!"

„Da fürchten sie sich gerne, auch die Erwachsenen!"

„Aber wieso kriegen sie dann bei mir den Bammel?"

„Weil du in echt anders rüberkommst als auf einem Bildschirm!"

„Na gut, dann mache ich halt einen Internetkanal auf und rassle dort!"

„Hm … Kramperl, das ist gar keine schlechte Idee! Und mich kannst du hin und wieder als Studiogast einladen. Weil ich darf ja heutzutage auch nicht mehr überall auftreten …"

Der Nikolaustag ist für die Kinder der erste süße Vorbote des Weihnachtsfests. Auch Sophie liebte die an diesem Tag verschenkten Naschereien, außer dem …

LEBKUCHEN

„Es gibt doch nichts Besseres als Lebkuchen!", sagten die Erwachsenen stets mit einem verständnislosen Kopfschütteln, wenn sie merkten, dass die kleine Sophie immer nur die Schokolade, Aschantinüsse und Datteln aß, aber niemals den Lebkuchen – auch dann nicht, wenn er zucker- oder schokoladeüberzogen war. Und gerade diesen bekam sie immer wieder.

Sogar in ihrem Brief ans Christkind hatte Sophie schon gebeten, dem heiligen Nikolaus auszurichten, dass sie keinen Lebkuchen wolle, aber es war vergebens. Also verschenkte Sophie ihre Lebkuchen großzügig an alle weiter, die ihn haben wollten, aber das führte auch dazu, dass jeder bei ihrem Namen unwillkürlich an Lebkuchen dachte und sie noch mehr davon bekam – nicht nur zum Nikolaus.

Das blieb auch so, als Sophie erwachsen wurde, und so fasste sie den Entschluss, ihr Lebkuchenproblem auf die radikale Tour zu lösen.

Anlässlich einer Adventfeier der Pfarre stellte sie sich in die Küche und produzierte fünf Kartons mit Lebkuchensternen. Die konnte sie natürlich schwer verteilen, ohne wenigstens einen Stern selbst gekostet zu haben. Und siehe da: Ihr eigener Lebkuchen schmeckte ihr!

Heute sind Sophies Lebkuchenhäuser sehr begehrt und werden sogar ausgestellt – und natürlich kommt niemand mehr auf die Idee, ihr einen Lebkuchen zu schenken!

Spätestens seit dem Beginn der Pandemie gehört es zum beruflichen Alltag, das ...

INTERNETMEETING

„Freunde, in drei Wochen ist Weihnachten, jetzt erwarte ich maximalen Einsatz und keine Fehler!"

Es war schon später Nachmittag. Der Vertriebschef sprach im routinemäßigen Internetmeeting zu seinen vier Regionalleitern und erklärte ihnen zum wiederholten Mal, dass die Weihnachtsumsätze für das ganze Geschäftsjahr entscheidend wären.

Darauf versicherten die Regionalleiter-Ost, -Süd, -West und -Nord, dass sie für die letzte Adventwoche jeweils noch einige Sonderaktionen vorgesehen hätten, was den Chef aber nur teilweise befriedigte.

„Das ist schön, aber wieso weiß ich da nichts davon? Ich bitte heute noch um die Details, damit wir sie aufeinander abstimmen können!", sagte er, und den Regionalleitern dämmerte, dass es noch ein langer Arbeitstag werden könnte. Ihre ohnehin schon recht trüben Bildschirmportraits wirkten plötzlich noch müder.

Und da geschah etwas, das sich bis heute keiner erklären kann (außer der demnächst in Pension gehende Chef der IT-Abteilung). Auf den Monitoren erschien plötzlich ein weiterer Gesprächsteilnehmer, ein offensichtlich älterer Herr, dessen Gesicht von dichten weißen Augenbrauen und einem ebensolchen Rauschebart beherrscht war. Er blickte eine Weile stumm in die Kamera und sagte dann mit tiefer Stimme:

„Ich wette, ihr habt alle vergessen, dass morgen mein Namenstag ist! Und dass einige von euch zuhause kleine Kinder haben, die gerade auf einen Besuch des heiligen Nikolaus warten. Hoffentlich habt ihr euch wenigstens überlegt, was diese Kinder morgen früh in ihren Schuhen oder auf den Fensterbrettern finden sollen. Ich wünsche euch allen noch einen schönen Advent!"

Der Mann mit dem Rauschebart klinkte sich aus und hinterließ eine recht verdutzte Runde.

„Was soll der Blödsinn? Wer war denn das?", fragte der Vertriebschef, nahm dann aber die Brille herunter und sagte: „Immerhin war das ein gutes Schlusswort! Über die regionalen Sonderaktionen können wir ja morgen auch noch reden."

Das Meeting war damit beendet, einige Kinder freuten sich über die unverhofft frühe Heimkehr ihrer Väter, und der alte IT-Chef nahm schmunzelnd den Bart ab.

Manchmal bringt auch der Nikolaus ein …

FALSCHES GESCHENK

Gerade war der heilige Nikolaus da gewesen, und die kleine Sofie untersuchte die drei Geschenke, die er ihr gebracht hatte: ein Säckchen mit verschiedenen Süßigkeiten, Buntstifte und ein Buch über die Abenteuer eines Ponys namens Trippeltrapp. Aber merkwürdig – auf dem roten Seidenpapier, in das dieses Buch eingewickelt war, stand: „Der lieben Emma!". Es war also gar nicht für sie, sondern für ein anderes Kind gedacht. Der Nikolaus musste sich geirrt haben!

Was sollte sie tun? Die Mutter fragen? Nein, das war ein Problem, das sie selbst lösen wollte.

Am nächsten Tag hielt sie überall auf der Straße Ausschau nach dem Nikolaus, aber sie begegnete niemandem mit einem so langen Bart, geschweige denn mit einer Bischofsmütze. Aber da kam ihr auch schon eine andere Idee. Als sie kurz darauf ihren Wunschbrief ans Christkind schrieb, fügte sie am Schluss noch eine Bitte hinzu:

„Liebes Christkind! Ich lege Dir neben dem Brief auch ein Buch ins Fenster. Das gehört irgendeiner Emma. Der Nikolaus hat nämlich nicht aufgepasst und es mir geschenkt. Kannst du es der Emma weitergeben?"

Am Weihnachtsabend fand Sofie unter ihren Geschenken eine schön gemalte Einladung: „Ich bin die Emma, willst Du mich besuchen? Ich wohne ganz in der Nähe und zeige Dir gerne auch meine anderen Pony Trippeltrapp-Bücher!"

Sofie und Emma wurden Freundinnen fürs Leben. Sie führen heute gemeinsam einen Pferdehof und das alles nur, weil der Nikolaus damals seine Brillen vergessen hatte.

Ein Auftritt bedeutet für jeden Künstler und jede Künstlerin eine spezielle Art positiver Anspannung. Schön ist aber auch der Moment des Loslassens …

NACH DEM KONZERT

Vorbei ist das Adventkonzert,
und der Erfolg war unerhört.
Der Paul, muss man schon sagen, ist
ein wunderbarer Pianist.
So wie er spielt, Mozart und Bach,
das macht so schnell ihm keiner nach.
Sehr lange dauert der Applaus,
der Paul kommt noch zwei Mal heraus,
dann strömen alle zur Garderob',
der Bürgermeister spendet Lob
und sagt: „Kommt's mach ma auf der Stell'
ein Foto mit dem Künstler schnell!",
ruft den Gemeinderat herbei,
die Chefs von Bank und Bücherei,
die Geistlichkeit, den Doktor auch,
den Wirt mit seinem dicken Bauch.
Sie alle stell'n sich vors Klavier,
in einem doppelten Spalier,
der Fotograf ruft: „Da schaut's her!",
und alle lächeln fröhlich sehr.
Kein Mensch merkt, dass der Pianist
nach draußen längst verschwunden ist,
sich dort erfüllt grad seinen Wunsch –
allein zu trinken einen Punsch!

Früher hat der Briefträger in der Vorweihnachtszeit viele handschriftliche Glückwünsche gebracht. Wenn man heutzutage überhaupt etwas bekommt, ist es höchstens eine geschäftliche ...

WEIHNACHTSKARTE

„Guten Tag, könnt' ich bitte mit dem Herrn Direktor Hartmann sprechen?"

„Momenterl, ich verbinde ..."

„Sicher versichert! Direktion?"

„Dr. Hartmann?"

„Der Herr Direktor ist in einer Besprechung! Worum geht's denn?"

„Ja also, der Herr Dr. Hartmann hat mir so a nette Weihnachtskart'n g'schickt, und für die möchte ich mich gern bedanken!"

„Bedanken möchten Sie sich? Für die Weihnachtskarte?"

„Ja! Wissen Sie, die war so persönlich! ‚Frohe Feiertage und ein gut versichertes neues Jahr!' ist drauf g'standen und drunter handschriftlich: Direktor Hartmann."

„Das ist doch ... also nichts Besonderes!"

„Doch! In der heutigen Zeit schon! Es waren vielleicht nur drei Sekunden, die er für die Unterschrift gebraucht hat, aber immerhin drei Sekunden für mich allein!"

„Sie dürfen das nicht so dramatisch seh'n!"

„Wie lang dauert denn die Besprechung? Oder vielleicht könnt mich der Herr Direktor zurückrufen, wenn er fertig is?"

„Lieber Herr, ich muss Sie enttäuschen! Die Unterschrift war nur aufgedruckt!"

„Die hat er gar nicht selber g'schrieben?"

„Natürlich nicht! Was glauben S', wo er da hinkommert, wenn er überall selbst unterschreiben tät!"

„Gut, aber dann ist es immer noch rührend, dass er sich die Mühe g'macht hat, das für mich ausdrucken zu lassen und grad meine Adresse aus der Kartei ausg'sucht hat!"

„Aber des geht doch alles vollautomatisch! Die Karten kriegt quasi jeder ..."

„... Trottel?"

„... jeder, der bei uns versichert ist!"

„Ach so ... na dann richten S' dem Herrn Direktor bitte aus, dass er und seine depperte Versicherung mich in Zukunft gern haben können!"

Briefe ans Christkind schreiben grundsätzlich nur die Kinder, und die tun es in ihrer liebenswerten naiven Art. Anders aussehen würden …

WUNSCHBRIEFE VON ERWACHSENEN

Von einem Beamten:

Sehr geehrtes Christkind!

Wie ich dem Amtskalender entnehme, sind Sie auch heuer wieder für die Erfüllung persönlicher Begehrlichkeiten in Form ausgewählter, zum täglichen Leben nicht unbedingt erforderlicher Sachgüter zuständig. Ich erlaube mir daher, Ihnen beiliegend eine Aufstellung jener Präsente zur Kenntnis zu bringen, die ich am 24. Dezember um 19 Uhr unter dem von mir beigestellten Christbaum gerne vorfinden würde, selbstverständlich unter Berücksichtigung der pekuniären Möglichkeiten bzw. aktuellen Verfügbarkeit …

Von einem Werbetexter:

Hallo Christkind!

Auf diesen Brief hast du nun ein ganzes langes Jahr gewartet, und ich kann mir vorstellen, wie neugierig du schon bist. Aber jetzt ist es soweit, in wenigen Augenblicken erfährst du, was ich mir heuer zu Weihnachten wünsche! Es sind Dinge, die mir zum vollkommenen Glück verhelfen werden – Geschenke, die man ganz leicht besorgen kann, weil sie voll im Trend liegen. Jetzt ist alles supergünstig in Aktion, aber nur noch wenige Tage. Mach dich also auf die Happy-Christmas-Shopping-Tour und hol dir (also mir) am besten schon heute …

Von einem Arzt:

Christkind, wie geht's uns denn heute?

Wir müssen schon auch ein bisserl auf uns schauen in den nächsten Tagen und Wochen. So vielen Menschen Geschenke zu bringen, kann für den Kreislauf und den ganzen Bewegungsapparat leicht zu viel werden, noch dazu, wenn man das Programm ohne Aufwärmtraining nur einmal im Jahr durchzieht und anfangs ganz aus der Übung ist. Also bitte, damit sich alles gut ausgeht, hier wäre ein Rezept mit meinen Weihnachtswünschen, die wir vielleicht gleich morgen besorgen könnten ...

Von einem Lehrer:

Christkind, bitte zur Tafel!

Jetzt wollen wir wiederholen und zusammenfassen, was ich mir zu Weihnachten von dir wünsche. Das geht sich vor der Pause noch aus! Die Stunde beende immer noch ich und in der Klasse herrscht Ruhe, das sage ich jetzt zum letzten Mal! Mir ist egal, wer angefangen hat!
Christkind, wo waren wir stehengeblieben? Ach so, bei meinen Weihnachtswünschen. Ich schreibe sie dir hier in dieses Arbeitsblatt, und du schaust dir das dann bitte zu Hause an. Aber wirklich!

Ganz heimlich lauschte Weihnachtsengel Blasius unlängst dem Vortrag eines sehr redegewandten Menschen unten auf der Erde. Dieser sprach über modernes …

MARKETING

„Na, was hat er denn erzählt, dieser Marketingexperte?", fragte sein Freund Ambrosius am nächsten Tag.

„Super, jetzt weiß ich, dass wir hier alles ganz anders organisieren müssen!", antwortete der immer noch begeisterte Blasius.

„So? Was denn?"

„Wir müssen unser Image updaten und unseren Christmas-Service auf neue Beine stellen!"

„Christmas-Service?"

„Na, weißt du, beim Marketing ist alles englisch. Was wir brauchen, ist eine optimierte Performance und für jeden von uns eine klare Job-Description!"

„Das heißt?"

„Ziele, Pflichten, Aufgaben und Kompetenzen müssen genau beschrieben sein!"

„Und das sind sie jetzt nicht?"

„Mit einem regelmäßigen Coaching könnten wir unseren Motivationslevel steigern! Und dann benötigen wir auch ein ordentliches Controlling!"

„Natürlich …"

„Das liefert dem Management die Entscheidungsgrundlagen. Bei uns könnte das zum Beispiel ergeben, dass wir die Verpackung der Geschenke outsourcen müssen, weil sie nicht zu unseren Kernkompetenzen gehört!"

„Wer sagt denn das?"

„Na, dieser Marketing-Mensch, dem ich gestern zugehört habe!"

„Weißt du was? Wenn du den noch einmal triffst – was ich nicht hoffe – dann kannst du ihm sagen, dass wir hier alles so lassen, wie es ist. Wir im Himmel sind nämlich, um in seiner Sprache zu reden, eine Non-Profit-Organisation!"

Es ist ein schönes Gefühl, Oma und Opa zu sein. Seit einiger Zeit sind wir aber auch das …

FAMILIEN-HAUPTPOSTAMT

Obwohl ich mich inzwischen nicht mehr frühmorgens an einem bestimmten Arbeitsplatz einfinden muss, ist es vor allem in der Adventzeit notwendig, um halb acht für die Ankunft eines Paketzustellers bereit zu sein.

Nicht, dass ich mich selbst in einem Konsumrausch befinden würde, vielmehr betreiben meine Frau und ich seit einiger Zeit quasi das Hauptpostamt für unsere drei Töchter.

Die bestellen nämlich sehr gerne online, sind aber berufsbedingt oft nicht zuhause und geben deshalb als Zustelladresse ihre Eltern – also uns – an. Das ist normalerweise kein Problem, aber ab Mitte November wird unser Vorzimmer zum Warenlager. Bücher kann man ja noch gut stapeln, aber manche Weihnachtsgeschenke haben leider etwas ausufernde Dimensionen.

Eines Tages kam da zum Beispiel ein Kinderküchenherd für den kleinen Tobias. Dieses Paket machte es schwierig, von unserer Garderobe ins Badezimmer zu gelangen, und als dann auch noch eine Stehlampe und drei weitere Schachteln geliefert wurden, war der Durchgang gänzlich blockiert.

Beim Aufheben eines dieser vermeintlichen Schuhkartons verriss ich mir das Kreuz, weil sich darin unerwarteterweise ein 15 Kilogramm schweres Hantel-Set befand. Ich hatte aber Glück, denn ich stolperte dadurch zwar über ein aufwändig verpacktes Tretauto, landete aber sanft in einer leeren Schachtel, in der zuvor einige Blusen und Pullover für unsere Tochter gewesen waren. Die hatte sie so wie üblich gleich bei uns probiert und unter Zurücklassung des Verpackungsmaterials mitgenommen.

Unser Keller wirkt dadurch etwas unübersichtlich, aber es ist auch recht praktisch, wenn man immer 20 bis 30 Kartons zu Hause hat. Denn manche online bestellten Waren muss man ja auch wieder zurückschicken, und da ist man dann als Familien-Hauptpostamt gut gerüstet.

Übrigens hat uns ein Paketzusteller unlängst gefragt, ob wir nicht daran interessiert wären, eine Postpartner-Stelle für unser ganzes Siedlungsviertel zu übernehmen. Wir überlegen noch …

Michael dürfte mit seinen Weihnachtsgeschenken im vorigen Jahr nicht ganz ins Schwarze getroffen haben. Seine Frau Inge hatte seinen Schal nicht ein einziges Mal getragen. Deshalb fragte er sie jetzt ganz direkt:

WAS WÜNSCHST DU DIR?

„Ich?"

„Ja du?"

„Du kennst mich doch!"

„Eben!"

„Ich möchte gerne überrascht werden!"

„Ja, aber es sollte doch eine angenehme Überraschung sein!"

„Bei einem Geschenk ist nur wichtig, dass es aus vollem Herzen kommt!"

„Mein Herz ist leer! Oder besser gesagt, voll der Sorge, dass ich dir was schenke, was du nicht brauchst, schon hast, dir nicht gefällt oder nicht passt!"

„Na, schau ma einmal!"

„Moment, so leicht kommst du mir nicht davon. Weihnachten ist das Fest der Liebe! Und wenn du mich wirklich liebst, dann kannst du nicht wollen, dass ich mich nachts schlaflos im Bett herumwälze, nur weil ich nicht weiß, was ich dir schenken soll!"

„Also bitte, dann mach mir doch ein paar Vorschläge, damit ich sehe, dass du dir schon ernsthafte Gedanken gemacht hast!"

„Vorschläge willst du hören? Was sagst du zu einem Parfum?"

„Schwierig …"

„Schmuck?"

„Trag ich ja kaum ..."

„Wellnessurlaub?"

„Zu langweilig ..."

„Bagger fahren!"

„Ist nur was für Männer ..."

„Ein Grundstück auf dem Mond?"

„Wofür?"

„Eine Kreuzfahrt in der Karibik? Ein Käseseminar in Frankreich? Bungy-Jumping von den Niagarafällen ..."

„Sonst hast du keine Ideen?"

„Doch! Einen Geldscheindrucker oder meinetwegen ... einen Chip für's Einkaufswagerl!"

„Ja!"

„Was ja?"

„Den Chip! – und einen Kuss!"

„Liebling, mit dir kann man wirklich nicht Weihnachten feiern!"

Die meisten Kochrezepte findet man in Büchern und auf unzähligen Internetseiten. Nicht so ohne Weiteres erhältlich ist das folgende …

MARONITORTENREZEPT

Elfriede hatte Maria zu einer Adventjause eingeladen. Gemütlich saßen sie da, plauderten über Gott und die Welt, vor allem über die Welt, und ließen sich eine Maronitorte schmecken.

„Köstlich!", sagte Maria, nachdem sie das zweite Stück gegessen hatte.

„Zu dieser Torte musst du mir unbedingt das Rezept verraten!"

Elfriede überging diese Frage zunächst. Nachdem Maria aber noch einmal darauf zurückgekommen war, ließ sie sich zu einer verhängnisvollen Bemerkung hinreißen.

„Ich geb's dir bei Gelegenheit!", sagte sie und glaubte, die Sache damit erledigt zu haben.

Doch Maria ließ nicht locker. Beim Verabschieden erinnerte sie ihre Freundin noch einmal an das Rezept und machte Elfriede nun schon leicht nervös.

Die besagte Maronitorte stammte nämlich aus dem Kühlregal im Supermarkt, aber jetzt, nachdem sie Maria schon einmal das Rezept versprochen hatte, musste sie natürlich bei der Version mit der selbst gemachten Torte bleiben.

Sie wird schon drauf vergessen, hoffte sie, aber das Gegenteil war der Fall. Immer wenn sie ihre Freundin traf, wurde sie sofort auf die Torte angesprochen.

„Ich hab's schon kopiert!", sagte sie dann oder „Ich sag's dir telefonisch durch!", und begann ganz bewusst, Maria aus dem Weg zu gehen.

Eines Tages jedoch geschah das Unglaubliche. Elfriede traf Maria beim Einkaufen, und die übliche Frage nach dem Rezept blieb aus. ‚Was ist los!', dachte Elfriede und begann in ihrer Nervosität plötzlich selbst mit dem Thema.

„Übrigens, das Rezept bekommst du das nächste Mal, wenn ich ..."

„Das ist ganz lieb von dir! Aber das brauch ich nicht mehr!", sagte Maria mit einem seltsamen Lächeln. In ihrem Einkaufswagerl entdeckte Elfriede nämlich jene unverwechselbare Maronitorte, von der sie behauptet hatte, sie selbst gemacht zu haben.

Gerade im Advent ist er sehr gut besucht, der …

BANKOMAT

Frau Grünwald ist beim Einkaufen das Geld ausgegangen. Nun steht sie vor dem Bankomaten und möchte 300 Euro abheben, als das Gerät plötzlich zu sprechen beginnt.

„Guten Tag, Frau Grünwald! Ich habe Ihnen doch erst gestern drei Hunderter ausgezahlt, die können Sie doch nicht schon wieder ausgegeben haben!"

„Doch!", antwortet Frau Grünwald und erschrickt über sich selbst, weil sie mit einem Bankomaten gesprochen hat.

„Sie sind schon wieder auf einige Weihnachtssonderangebote reingefallen!", setzt das Gerät fort. „Kein Mensch braucht am Christbaum fünf Kilo Schokobananen!"

„Die waren halt gerade in Aktion!"

„Der Fonduetopf für 24 Personen war auch eine Schnapsidee! Haben Sie jemals schon so viele Gäste gehabt?"

„Bis jetzt noch nicht, aber wenn wir einmal eine größere Wohnung bekommen …"

„Das ist in Ihrer finanziellen Situation sehr unwahrscheinlich! Für wen haben Sie denn die roten Schuhe gekauft?"

„Also … für mich selbst … zum halben Preis! Woher wissen Sie das überhaupt?"

„Heutzutage ist alles vernetzt! Und ich bin schon neugierig, was Sie mit den 300 Euro anfangen, die Sie jetzt haben wollen!"

Frau Grünwald überlegte und sagte dann: „Passen Sie auf: Sie geben mir meinetwegen nur 280 Euro, und ich spende die restlichen 20 für notleidende Bankomaten!"

Das Gerät räusperte sich und zahlte die 280 Euro aus. „Na also!", dachte Frau Grünwald. „Es geht doch!"

Manche erleben Weihnachten als zutiefst religiöses Fest, andere nur als traditionelle Pflichtübung. Eines sollte es aber auf jeden Fall sein, ein …

FEST DER LIEBE

Das „Fest der Liebe" nennt man's gern,
das Feiern unter'm Weihnachtsstern.
Man macht gern Freude ganz privat,
all denen, die man um sich hat.
Das ist auch wunderbar und fein,
doch fall'n mir dann oft Menschen ein,
die ich, dreht man die Zeit zurück,
verloren hab aus meinem Blick.
So viele gab's, die irgendwann
mir eine Zeit sehr nahe war'n:
die Freunde aus der Kinderzeit,
der Schule und Berufsarbeit,
die Tröster, wenn es schwierig war,
im einen oder and'ren Jahr,
die, war die Welt wieder geheilt,
mit mir das Glücklichsein geteilt.
Versprochen ist es ja so schnell:
„Wir rufen uns zusammen, gell?"
Doch ahnt man's schon, während man's spricht:
Es fehlt die Zeit, man tut es nicht!
So mögen euch halt diese Zeil'n
ein Zeichen sein, um mitzuteil'n:
auch wenn ich grade schweigsam bin,
ihr seid in meinem Herzen drin!

Manche Leute werfen alte Fotos und Filme einfach weg, weil sie meinen, dass sie ja eh niemanden mehr interessieren würden. Und doch wäre es sehr schade um …

Opas Filme

Für Michael war es keine fröhliche Weihnachtszeit. Vor einer Woche, am ersten Adventsonntag, war seine Oma gestorben, und nun musste er ihre Wohnung räumen.

Alles sah so aus, wie sie es verlassen hatte, als sie ins Spital kam. Auf dem Küchentisch stand noch ein Kaffeehäferl neben einem eingetrockneten Stück Kuchen. Hier hatte Michael als Kind an unzähligen Abenden Omas legendäres Grießkoch gegessen, während im Radio das „Traummännlein" lief.

Im Wohnzimmer hing Omas Strickweste auf dem Fernsehsessel, so als wäre sie nur kurz weggegangen. Und auch sonst sah alles aus wie immer. Auf der Kommode standen einige Fotos von Opa, der lange vor seiner Frau gestorben war, und in der Vitrine verstaubte das Bleikristallservice.

Michael schlenderte planlos herum. Es würde sehr viel Arbeit bedeuten, das alles durchzusehen, auszusortieren und wegzugeben. Aber ein wenig neugierig war er auch. Denn in Omas Wohnung gab es Winkel, Fächer und Kästen, in die er noch nie hineingeschaut hatte. So entdeckte er auf dem Schlafzimmerkasten einen Filmprojektor mit mehreren alten Schmalfilmen.

Wenig später hatte er den Apparat aufgestellt und einen Film eingelegt. Es ging gegen vier, in der Wohnung wurde es schon dunkel, und Michael schaltete den Projektor ein. Er sah flimmernde und verwackelte Szenen, die offensichtlich in dieser Wohnung aufgenommen worden waren und dann … sich selbst!

Als vielleicht gerade Dreijähriger stand Michael hier in diesem Zimmer vor dem Christbaum, fuhr mit einem hölzernen Lastauto auf dem Parkett herum, bestaunte eine funkensprühende Wunderkerze und knabberte an einem Windgebäck. Unscharf winkte Oma in die Kamera, und auf Opas Schulter saß der legendär zutrauliche Wellensittich Puppi.

Der Projektor knatterte durch Michaels Kindheit und löste in ihm Stürme von Wehmut und Wiedersehensfreude aus. Als der Film durchgelaufen war, spürte Michael in sich die ganze Wärme, Liebe und Geborgenheit alter Zeiten, und dieses Gefühl, nahm er sich vor, musste er unbedingt an seine eigene junge Familie weitergeben. Und ein Video vom heurigen Weihnachtsfest würde er ebenfalls aufnehmen - auf dass jemand in dreißig, vierzig Jahren ebenfalls eine Träne zerdrücken kann.

Weihnachten ist eine Zeit, in der auch Menschen ins Theater gehen, die es sonst nur von außen kennen – und sei es den Kindern zuliebe. Heuer spielt man:

JAKOB MACHT NICHT MIT

Das Theater war voller Kinder in Begleitung ihrer Eltern und Großeltern. Normalerweise werden in der Adventzeit Klassiker wie ‚Aschenbrödel' oder ‚Der gestiefelte Kater' aufgeführt, doch die neue Direktion hatte versprochen, endlich frischen Wind in die verstaubten Spielpläne zu bringen und ein zeitkritisches Weihnachtsmusical angekündigt.

‚Jakob macht nicht mit!' hieß das neue Stück des deutschen Autors Jens Wirrkopf, das nun mit einem einsamen Saxofon begann. Es spielte schrill quietschend die Melodie von ‚Es wird scho glei dumpa', während ein Mann im business-blauen Anzug gemeinsam mit einer grell geschminkten Frau einen überdimensionalen Christbaum schmückte. Schweigend behängten die beiden die Äste mit Hundert-Euro-Scheinen und sprachen, auch nachdem die Musik endlich vorbei war, weiterhin kein Wort.

Dann läutete es an einer unsichtbaren Türe und der Anzugmann öffnete, woraufhin sich die Bühne mit ungefähr 30 zerlumpten und auch sonst in schlechtem Zustand befindlichen Menschen füllte. Sie sangen so etwas wie ‚Daraba dam dam' und kletterten dabei, einer nach dem anderen, den Christbaum hinauf, bis sie im Dunkel des Schnürbodens verschwanden.

An dieser Stelle verkrochen sich im Publikum die ersten Kinder unter dem Sitz. Für weiteren Schrecken sorgte, dass nun von oben rote Farbe auf die beiden Hauptdarsteller geschüttet wurde. Manche Kinder fanden das sehr lustig, und so ging es im Zuschauerraum bald lebhafter zu als auf der Bühne. Dort wollten mehrere Besucher wenig später einen von links nach rechts fliegenden Engel gesehen haben, während andere meinten, dass es die Biene Maja gewesen wäre. Das Tohuwabohu im Theater war unbeschreiblich und hielt auch während der Pause an.

Erschöpft sagte irgendwer zu irgendwem: „Wo war er denn jetzt eigentlich, dieser Jakob?" Worauf der andere brummte: „Keine Ahnung, aber das Stück heißt ja schließlich ‚Jakob macht nicht mit!'"

Übrigens, der zweite Akt des Abends soll ausschließlich daraus bestanden haben, dass mehrere Bühnenarbeiter die rote Farbe entfernten. Doch bis zum Schluss hat sich das niemand mehr angeschaut.

Man beschwert sich ja so gerne über die argen ...

KONSUMWEIHNACHTEN

„Also, unlängst treff' ich den Ritschi, weißt eh! Das ist der, der immer so gejammert hat, dass Weihnachten nur ein Konsumfestival ist und jeder wie ein Trottel einkauft ..."

„Genau! Das erzählt er bei jeder Gelegenheit!"

„Jetzt eben nicht mehr! Pass auf: Ich frag, wie's ihm so geht in der Vorweihnachtszeit, und er sagt: Es könnt nicht besser sein! Kein Wort über den Einkaufswahnsinn und wie furchtbar das alles wär!"

„Was ist los mit ihm?"

„Das hat mich natürlich auch brennend interessiert, aber er hat gar keine Zeit gehabt zum Plaudern. Er muss noch so viel checken, hat er gesagt, weil Weihnachten die wichtigste Zeit ist für's Geschäft!"

„Was für ein Geschäft?"

„Er macht Internet-Workshops, wo die Leute lernen, dass man im Leben eigentlich gar nichts braucht, außer täglich drei Minuten Besinnung aufs wirklich Wichtige!"

„Und was wäre dieses wirklich Wichtige?"

„Dass man bei den Workshops vom Ritschi mitmacht, die übrigens gratis sind!"

„Geschäft ist das aber dann keines?"

„Wahrscheinlich doch! Er wird nämlich von ein paar finanzkräftigen Firmen gesponsert, und die dürfen dafür ihre Produkte auf der Homepage vom Ritschi anbieten. Und jetzt kommt der Clou: Für alles, was auf diese Tour verkauft wird, kassiert der Ritschi fünf Prozent!"

„Das heißt, er spielt jetzt auch mit beim Konsumfestival?"

„Ich würde sagen, er ist Intendant!"

Von der historischen Faktenlage her betrachtet, ist das Datum des Heiligen Abends ja eher fragwürdig. Wie wäre es daher mit ...

WEIHNACHTEN AM DREIKÖNIGSTAG

„Wir müssen uns wieder treffen! Hast Zeit am 6. Jänner?"

„Tut ma leid, da feier ma Weihnachten!"

„Am Dreikönigstag?"

„Sowieso! Was glaubst, was d' dir da für a Geld ersparst!"

„Wieso denn des?"

„Na, erstens des Geld für'n Christbam! Am 6. Jänner hast bei die Sammelplätz von der Gemeinde scho a Riesenangebot an Gratis-Tannen! Und in viele G'schäft verscherbeln s' die Sachen zum halben Preis!"

„Aber die Weihnachtsstimmung ...?"

„... is am 6. Jänner a viel besser, weil da schon die ganzen Verwandtenbesuche erledigt san!"

„Und was macht's ihr dann am 24. Dezember?"

„Da sitz ma schön gemütlich allan in einer Therme und lassen den Herrgott an guatn Mann sein!"

„Apropos! Der Jesus is doch am 24. Dezember zur Welt kommen und net am Dreikönigstag!"

„Beim Jesus war des halt a Pech! Wär der erst am 6. Jänner geboren word'n, warat die Heilige Familie in Bethlehem schon in die Nachsaison kommen, und da warat dann bestimmt scho wo a Zimmer frei g'wesen. Und die Heiligen drei König waraten genau rechtzeitig da g'wesen, damit's die Rechnung zahl'n!"

Weihnachtsengel sind im Advent natürlich meistens schwer beschäftigt. Trotzdem war Ambrosius unlängst unten auf der Erde bei einem …

KINDER-KRIPPENSPIEL

„Blasius, hast du eigentlich schon einmal Theater gespielt?", fragte Ambrosius seinen jungen Freund.

„Nein, du?"

„Ich hab's versucht. Bei einem Krippenspiel!"

„Das musst du mir erzählen!"

„Weißt du, mir gefällt das ja, wenn die Menschen vor Weihnachten ihre Krippenspiele aufführen. Ein paar Mal hab ich bei sowas schon zugehört, und unlängst war ich zufällig dabei, wie ein Mädchen plötzlich heiser wurde und nicht mehr weitersprechen konnte!"

„Ich ahne, was da kommt! Ambrosius wartet jahrelang auf seine Chance, und endlich ist sie da!"

„So ungefähr! Plötzlich brauchte man jemanden, der einen Weihnachtsengel spielt! Also ging ich zum Regisseur, so einem Künstlertypen mit Schal um den Hals, und fragte ihn, ob ich vielleicht einspringen könnte!"

„Und er hat dich genommen?"

„Er ließ mich vorspielen, und ich verkündete strahlend die Geburt des Christkinds. Das bisschen Text war ja kein Problem …"

„Super!"

„Gar nicht super! Wie ich fertig war, sagte der Theatermensch, dass mein Outfit zwar ganz gut wäre, mir aber niemand einen Engel abnehmen würde!"

„Was?"

„Ich wäre zu wenig salbungsvoll und müsste noch üben!"

„Das pack ich ja nicht! Was hast du gemacht?"

„Gar nichts! Ich ließ den Regisseur stehen und freute mich über sein verdattertes Gesicht, als ich durchs offene Fenster davonflatterte!"

„Ein Bild für Götter!"

„Jedenfalls für einen Engel wie mich!"

Es ist ein Geschenk, mit dem man viel Liebe und im wahrsten Sinn des Wortes viel guten Geschmack beweisen kann – selbst gemachtes …

WEIHNACHTSGEBÄCK

Die frischen Weihnachtsbäckereien wussten nicht, wie ihnen geschah: Frau Heinzl, die sie in tage- und nächtelanger Arbeit hergestellt hatte, packte die süßen Köstlichkeiten Stück für Stück und bunt gemischt in mehrere Zellophansackerln. Die wollte sie zum Fest verschenken.

Da landete zum Beispiel ein Vanillekipferl neben einem Zimtstern und ein buntes Mürbteigkeks neben einem Weinbeißer. Und das löste in den Säckchen große Unruhe aus.

„Mach dich nicht so breit!", sagte das Kokosstangerl zum Hausfreund, und der schnappte zurück: „So ein Würstel wie du wird doch wohl noch Platz genug haben! Schau lieber, dass du nicht überall deine Brösel verstreust!"

Das Linzer Auge blickte missmutig auf ein Windgebäck und murmelte: „So ein aufgeblasenes Nichts! Besteht nur aus Eiklar und Zucker und tut so, als wär's was Besonderes!"

Das Windgebäck fühlte sich seinerseits wieder von einem fetten Schokoladen-Cookie bedrängt. „Gib acht! Ich bin leicht zerbrechlich!", rief es mit schneeweißer, dünner Stimme, aber der Cookie war seinerseits mit einer gewichtigen Rumkugel beschäftigt, die ihn gegen einen Florentiner drückte.

„Attenzione! Du machst mir kaputt meine Mandelsplitter, du zugereiste Ami-Gebäck!"

„Liebär kleinär Floräntiner!", mischte sich mit einem deutlich ungarischen Akzent das Husarenkrapferl ein. „Deine Familie ist niemals gewesen in Florenz! Habä ich nachgeschaut in Wikipedia!!"

Jede Weihnachtsbäckerei war der festen Überzeugung die beste zu sein, und so dauerten die Streitereien auch in jenem Sackerl, das Frau Heinzl ihrer Schwester überreichte, bis zum Heiligen Abend. Die Beschenkte war aber gerade sehr auf ihre Linie bedacht und öffnete es erst nach einigen Wochen.

Und siehe, da waren dann leider schon die Mottenwürmer drin. Wenigstens denen hat's geschmeckt!

Sie ist eine elektronische Visitenkarte, die man hört, wenn man jemanden am Handy anruft, der das Gespräch gerade nicht entgegennehmen kann. Im vorliegenden Fall ringt ein Mensch um eine weihnachtlich gestimmte …

MAILBOX-ANSAGE

Frohe Weihnachten, hier ist meine Mailbox. Ich bin im Moment nicht erreichbar, das heißt, jetzt gerade schon noch, aber wenn Sie mich, sagen wir, in fünf Minuten anrufen würden, wahrscheinlich nicht mehr. Es könnte zum Beispiel sein, dass ich gerade einen Einkauf mache oder jemanden anrufe, um ihm ein Frohes Fest zu wünschen. Dann könnten Sie mir ihre Weihnachtswünsche inzwischen einfach auf diese Box sprechen, und die Sache wäre erledigt, weil ich Ihnen meinerseits ja schon zu Beginn dieser Ansage Frohe Weihnachten gewünscht habe.

Sie haben übrigens 20 Sekunden Zeit, also natürlich Zeit, so viel sie wollen, aber meine Mailbox nimmt nur 20 Sekunden auf. Alles, was sie länger sprechen, würde ich halt nicht hören. Wahrscheinlich wäre es sowieso nicht schade drum, weil Telefongespräche meistens unnötig lange dauern und die Leute ewig kein Ende finden.

Vielleicht wollen Sie aber auch gar nicht über Weihnachten reden. Das wäre auch in Ordnung, nur bin ich in diesem Fall genauso unerreichbar, vielleicht sogar noch eine Spur unerreichbarer.

Ich kann Sie natürlich auch gerne zurückrufen. Dazu müsste ich Ihre Nachricht aber erst einmal abhören, also wenn ich wieder Zeit habe, und dann wäre ich ja auch wieder direkt erreichbar, und wir könnten uns das ganze Theater mit der Mail-Box sparen. Also – tun Sie was Sie wollen, aber nicht länger als 20 Sekunden.

Raum und Zeit sind relativ. Und gerade zu Weihnachten
haben manche eine ganz eigene …

ZEITRECHNUNG

Der kleine Paul ist dieses Jahr
zu Weihnachten recht sonderbar:
Er huscht nach Mittag in sein Bett,
was er sonst freiwillig nie tät.
Er liegt und schläft dort, sag'n wir rund
so eine gute halbe Stund'.
Dann steht er auf, macht einen Strich
auf einem Zettel säuberlich
und ist darauf recht gut gelaunt,
sodass die Mutter nur so staunt.
„Du, Paul!", sagt sie. „Ich frag mich grad,
was das denn zu bedeuten hat!
Du bist so seltsam im Moment,
macht dich so müde der Advent?"
Drauf sagt der Paul zur Mama: „Geh,
du hast's doch selber g'sagt, weißt eh:
Das Christkind kommt von ob'n herab,
sobald ich zehn Mal g'schlafen hab!
Das hätt ich morg'n beisammen dann,
ich hoff, das Christkind hält sich dran!"

Im Garten der Nachbarn stehen zwei Schneemänner. Pardon, es handelt sich um einen Schneemann und eine Schneefrau – ein Pärchen namens …

FROSTY UND FREEZY

„Frosty, was wurschtelst du denn da herum? Wenn du dich so viel bewegst, wird dir wieder warm, und das ist gar nicht gut für dich!"

„Liebste Freezy, ich hab doch nur meine Karottennase zurechtgerückt!"

„Lieber eine schiefe Nase haben als schmelzen! Weißt du noch, wie schnell das bei Onkel Coldy gegangen ist?"

„Der hat halt das Pech gehabt, dass er am Nachmittag immer in der prallen Sonne gestanden ist. Das hält der stärkste Schneemann nicht aus! Wo ist eigentlich dein linkes Auge?"

„Merkt man sehr, dass es fehlt?"

„Du bist so hübsch wie immer …"

„Sag's ruhig, dass ich fürchterlich aussehe!"

„Nein, so schlimm ist es nicht."

„Der Kieselstein, den ich verloren habe, liegt da unten neben dem Gartenzwerg!"

„Haha, du hast ein Auge auf den Gartenzwerg geworfen!"

„Hilf mir lieber, statt dumm zu reden. Ich kann mich nicht soweit bücken!"

„Du hast doch gesagt, dass ich mich nicht so viel bewegen soll!"

„Wenn ich dich einmal um einen kleinen Gefallen bitte …"

„Hatschi!!!"

„Was ist? Hast du einen Schneemännerschnupfen?"

„Nur eine Allergie gegen dieses verdammte Streusalz!"

„Du Ärmster!"

„Weißt du, wie ich mir das Paradies vorstelle? Wie die große Vitrine eines Eissalons, und wir beide sitzen in ewiger Kälte zwischen Vanille, Erdbeer und Stracciatella!"

„Oh ja, das wär schön!", seufzte Freezy, während am Horizont die Sonne aufging und ein neuer, für Schneeleute wieder viel zu milder Tag begann.

Man hat ja heutzutage schon alles. Deshalb schenkt man oft und gern ein …

WELLNESSWOCHENENDE

„Was meinst du, sollen wir der Mama ein Wellnesswochenende schenken?", fragte meine Tochter."

„Wer wir?"

„Na, wir Kinder! Wir würden übrigens auch mitfahren, damit sie nicht so alleine ist und sich besser entspannen kann!"

„Das könnte aber teuer werden!"

„Na ja, wenn du noch nicht weißt, was du *uns* schenken sollst …?"

„Also, wenn ich ehrlich bin, wollt eigentlich *ich* der Mama ein Wellnesswochenende schenken!"

„Und was ist mit dir?"

„Ich hätt mir 's selbst geschenkt!"

„Dann könnte uns Kinder ja die *Mama* einladen, wenn sie noch kein Geschenk für uns hat!"

„Da müsst ihr sie selber fragen!"

„Dann wäre es ja keine Überraschung mehr!"

„Für wen?"

„Für uns!"

Meine Frau kam hinzu und fragte: „Na, ihr Lieben! Was führt ihr denn da für ein geheimnisvolles Gespräch?"

„Wir machen uns Gedanken über Weihnachtsgeschenke!"

„Das ist schön! Mir ist übrigens gerade eingefallen, dass wir Omi und Opa ein Wellnesswochenende schenken könnten! Wir fahren alle mit, und jeder zahlt sich's selber! Was meint ihr?"

In der Auslage eines Modelleisenbahngeschäfts standen ein paar wunderschöne Dampflokomotiven mit schwarzen Kesseln und roten Rädern und mittendrin ein …

BLAUER BLITZ

Es war so wie in vielen Familien, in denen der Vater seinem Kind eine Modelleisenbahn schenkt. Die Absicht, seinem Nachwuchs eine Freude zu bereiten, war auch bei Herrn Eipeldauer vorhanden, aber sie wurde vom Verlangen übertroffen, endlich selbst wieder einmal mit kleinen Schienen, Lokomotiven und Waggons zu spielen. Der Verkäufer im Modellbaugeschäft erkannte das sofort.

„Ich verstehe! Ihr Sohn wünscht sich nicht irgendeine analoge elektrische Eisenbahn, sondern eine digitale, weil er dann mit mehreren Lokomotiven gleichzeitig fahren kann. Wie alt ist er denn?"

„Acht!"

„Na, dann legt er bestimmt auch schon großen Wert auf maßstabgetreue Details, Beleuchtung und ferngesteuerte Soundeffekte!"

„Sie sagen es!"

„Wie würde ihm denn dieser ‚Blaue Blitz' gefallen, ein Schnellzug-Dieseltriebwagen aus den 50er-Jahren …"

„Super! Davon träumt er schon lange!", antwortete Herr Eipeldauer begeistert.

„Der ist früher von Wien nach Venedig und sogar hinauf bis nach Berlin gefahren!"

„Wunderbar! Der Bub wird das zu schätzen wissen!"

Herr Eipeldauer erstand den ‚Blauen Blitz' und wartete am Heiligen Abend voller Spannung auf den Moment, an dem sein Kind diesen Schatz auspacken würde. Der Bub freute sich ungemein, aber er merkte bald, dass er kaum eine

Chance haben würde, selbst damit zu spielen. Deshalb sagte er:

„Papa, machen wir's so: Von mir aus borg ich dir jetzt meine Eisenbahn. Aber in zehn Jahren, wenn ich groß bin, leihst du mir dafür dein Auto!"

Herr Eipeldauer sagte es zu.

Nicht immer ist Wissen angenehmer als Glauben – wenn zum Beispiel jemand daherkommt und sagt:

CHRISTKIND GIBT'S KEINS!

„Freust dich auch schon so aufs Christkind!", fragt der vierjährige David seine etwas ältere Schwester Amelie.

„Christkind gibt's keins!", antwortet sie.

„Schon! Wer soll denn sonst die Geschenke bringen?"

„Die Mama und der Papa!"

„Wie kommen die denn durch den Spalt im Fenster?"

„Sie können ja durch die Türe gehen!"

„Die ist doch zugesperrt!"

„Mama und Papa haben den Schlüssel!"

„Ja, damit niemand das Christkind stört!"

„Das sagen sie doch nur so!"

„Wer hat dir das erzählt?"

„Die Sofi von meiner Klasse, und die weiß es vom Max, dem's die Clara erzählt hat!"

„Warum soll ich denn der Clara mehr glauben als der Mama und dem Papa?"

„Weil sie schon älter ist!"

„Älter als die Eltern?"

„Sie weiß halt schon, dass es das Christkind nicht gibt, und den Osterhasen und die Zahnfee auch nicht!"

„Und geht's der Clara jetzt besser?"

„Weiß ich nicht!"

„Siehst du! Deswegen werd' ich so lange ans Christkind glauben, bis es mir selber sagt, dass es nur eine Erfindung der Erwachsenen ist!"

In strengen Wintern kommen Vögel und Menschen einander oft ein Stückchen näher. Und so begann auch die Bekanntschaft mit der …

WEIHNACHTSKRÄHE

Drei Tage vor Weihnachten war sie zum ersten Mal da, die zutrauliche Krähe. Neugierig schaute sie durch die Terrassentür ins Wohnzimmer, und als ich öffnete, flog sie nicht weg, sondern krächzte so etwas wie „Hunger!". Unglaublich, sie fraß uns die ihr angebotenen Nüsse direkt aus der Hand.

Die Vorbereitungen auf den Heiligen Abend wurden nebensächlich, weil sich das ganze Familienleben nur mehr um die Krähe drehte, die nach unserer ersten Begegnung immer wieder kam.

Anlässlich der Bescherung mussten wir die außergewöhnliche Tierbeziehung aber dann doch unterbrechen. Die Vorhänge wurden zugezogen, der Christbaum beleuchtet, das Glöckchen geläutet und Stille Nacht gesungen. Aber es dauerte nicht lange, bis unsere Feier durch ein Klopfen unterbrochen wurde. Tja, die Krähe wollte auch dabei sein. Und bevor wir Erwachsenen noch überlegen konnten, ob das vernünftig wäre, hatten die Kinder die Türe schon aufgemacht, und der Vogel tapste herein.

In seinem Schnabel hielt er ein Ding, das wir zuerst überhaupt nicht erkennen konnten. Erst nachdem es die Krähe auf den Teppich gelegt hatte, wussten wir, was es war – Opas vor Wochen im Garten verlorengegangenes Hörgerät, das wir trotz angestrengter Suche nicht gefunden hatten. Wir bedankten uns bei der Krähe für ihr wertvolles Weihnachtsgeschenk mit einer saftigen Apfelspalte, und der Vogel flatterte damit hinaus in die Winternacht.

Die Wege, auf denen wir heutzutage mit (meist unwichtigen) Nachrichten versorgt werden, sind vielfältig. Das gilt auch für …

WEIHNACHTSGRÜSSE

„Waßt, wer mir frohe Weihnachten g'wünscht hat?

„Na?"

„Der Poldi!"

„Schön, dass sich der einmal rührt! Musst di bedanken!"

„I weiß leider nimmer, wo er mir die frohen Weihnachten g'wünscht hat. In an Mail war's net …"

„Vielleicht in an SMS? Oder im Facebook?"

„I hab schon alles durchg'schaut!"

„Whatsapp?"

„Nix!"

„Vielleicht hat er dir gar net g'schrieben, sondern auf die Box g'redt!"

„Na!"

„Auf'n Anrufbeantworter vom Festnetz?"

„Net, dass i wüsst!"

„Vielleicht hat der Poldi a Weihnachtskarterl g'schickt!"

„Geh, der schreibt doch kane Karten! Außerdem hat er sich unlängst beim Adventkranzbinden in Finger zwickt!"

„Woher waßt du des?"

„Weil i eahm troffen hab. So a Pflaster hat er am Dam!"

„Aha …?"

„Und jetzt waß i a wieder, dass er mir bei der Gelegenheit frohe Weihnachten g'wünscht hat! – mündlich!"

„Na, dass sowas no gibt!"

Bei der Weihnachtsarbeit auf Wolke acht ist Blasius für Ambrosius schon eine Hilfe. Allerdings zeigt sein junger Freund manchmal nicht den nötigen Ernst. Diesmal erwischt ihn Ambrosius beim …

SÜSSIGKEITSTEST

„Na, das ist ja reizend: Die ganze Engelschar hat vom vielen Herumflattern schon einen Muskelkater in den Flügeln, und mein Freund Blasius sitzt gemütlich da und knabbert ein Schokolikörfläschchen …"

Blasius blickt kurz auf, lässt sich aber nicht stören: „Bitte, ich arbeite! Ich teste den Christbaumbehang!"

„Ach so?"

„Ja, das hast du mir selbst angeschafft!"

„Ich hab dir gesagt, du sollst aufpassen, dass du nicht wieder abgelaufene Schokolade einwickelst!"

„Eben! Aber wenn man das Ablaufdatum nicht lesen kann, muss man halt einen Geschmackstest machen!"

„Und weiß man schon was vom Ergebnis deiner Untersuchungen?"

„Die Nougatwürfel waren gut!"

„Wie viele haben wir jetzt noch?"

„Keinen."

„Du hast alle aufgegessen?"

„Ich wollte bei meinem Geschmackstest ganz sicher sein!"

„Und was nehmen wir jetzt als Christbaumbehang?"

„Vielleicht Salzgebäck? Zu viel Süßes ist sowieso ungesund!"

„Davon haben wir noch genug?"

„Bestimmt! Salzgebäck mag ich nämlich nicht!"

Viele Menschen haben ständig ein schlechtes Gewissen,
weil sie ahnen, dass sie zu viel und ungesund essen. Deshalb versuchen sie die verschiedensten …

ERNÄHRUNGSLEHREN

Weihnachten ist weit und breit
meistens auch Verwandtenzeit.
Gern hätt man dann aufgedeckt,
was den Leuten wirklich schmeckt,
doch es hat, das ist so schick,
mancher seinen kleinen Tick.

Schon beim Walter fängt es an,
der isst nur mehr ganz vegan,
Isabel lebt makrobiotisch,
Erich findet das idiotisch,
denn er schwört auf, wissen S' eh da,
dieses, wie heißt's? Ayurveda!

Trennkost lautet die Devise
meiner Tante Anneliese,
Onkel Paul bleibt strikt dabei,
er isst nur lactosefrei,
macht damit die Jutta narrisch,
denn die braucht es vegetarisch.

Meine Großkusinen alle
fasten grade Intervalle.
Rohkost nur, und die ganz frisch,
kommt auf Onkel Gernots Tisch,
alles außer TCM
ist für Erni ein Problem.

Jeder lebt mit seinem Schmäh,
alle sind, soviel ich seh,
einig nur, was eins betrifft:
Zucker ist das reinste Gift.

Ich such, kaum bin ich allein,
Omas Weihnachtsbäckerei'n,
doch ich glaube fast, ich spinn,
nirgendwo ist noch was drin!
Sie, die niemals Süßes essen,
haben alles leergefressen!

Glühwein wärmt den Körper, löst aber auch die Zunge. Nach einiger Zeit redet man ziemlich viel …

Unsinn

„Was is los mit dir? Jetzt hast schon drei Häferln trunken und bist immer no net lustig?"

„I bin net lustig? Entschuldige, des is a Witz!"

„Also a Witz is ganz was anders. A Witz is zum Beispiel, dass jetzt scho überall die Weihnachtsbeleuchtungen brennen!"

„Wieso?"

„Weil's bis Weihnachten no 377 Tage san!"

„Aber dazwischen kommt ja no a anders Weihnachten!"

„Stimmt, des hab i net bedacht! Übrigens mei Nachbar hat in sein Garten so viel Lichter installiert, dass gestern a Hubschrauber g'landet is. Der Pilot hat sein Garten für an Flugplatz g'halten!"

„Au weh! Hast du eigentlich schon alle Geschenke?"

„Die krieg i doch erst am 24.!"

„I man natürlich die, was du selber schenkst, zum Beispiel deiner Frau!"

„Wenn i wüsst, was die sich wünscht …"

„Frag's halt!"

„Na, so viel wollt i eigentlich net ausgeben. Außerdem hab i vom Amazon schon drei Packeln für die Nachbarn entgegen g'nommen. Da müssert doch irgendwas Nettes dabei sein!"

„Stell dir vor, mei Tochter wünscht sich a Pony!"

„Und was wirst machen?"

„An Gutschein für'n Friseur werd i ihr schenken!"

„Au weh! Kriegts ihr zu die Feiertag eigentlich a immer Besuch?"

„Eh klar! Die Tante Irmi kommt jedes Jahr. Und heuer werd ich s' vielleicht sogar reinlassen!"

„Na, du bist arg!"

„Des war doch nur a Schmäh. Du wolltest ja, dass i Witz derzähl! Kennst den? Kommt wer in a G'schäft und verlangt an Adventkalender von 2011! Mant der Verkäufer: Sie haben Sie wohl nicht alle! Sagt der Kunde: Die andern schon! Es fehlt ma nur der von 2011!"

Es ist oft gar nicht so leicht, Weihnachtsgeschenke so zu verstecken, dass sie von neugierigen Kindern nicht vorzeitig gefunden werden. Zum Beispiel hier dieses …

PUPPENHAUS

Amelie wünschte sich zu Weihnachten ein Puppenhaus und schrieb das auch in ihrem Brief ans Christkind. Ungeduldig wartete sie dann auf den Heiligen Abend, und um sich die Zeit zu vertreiben, strich sie überall im Haus herum.

So kletterte sie auch auf den Dachboden, wo sie schon lange nicht mehr gewesen war. Da gab es viele verstaubte, alte Dinge, aber in einer Ecke stand auch ein ganz neuer, bunter Karton. Amelies Herz machte einen Purzelbaum. Das war ja ein Puppenhaus und zwar genau so eines, wie sie es sich gewünscht hatte!

Aufgeregt lief sie die Treppen hinunter zu ihrer Mutter und rief: „Mama, gib mir bitte ein Briefpapier! Ich muss dem Christkind schnell noch einmal schreiben!"

„Jetzt, drei Tage vor Weihnachten?", fragte Mama erstaunt. „Um was geht's denn?"

„Das ist streng geheim und dringend!"

Wenig später saß sie an ihrem Kindertisch und schrieb: „Achtung, Storno! Bitte streiche das Puppenhaus aus meiner Wunschliste, ich habe gerade am Dachboden eines gefunden! Wenn's noch geht, bring mir stattdessen eine Pferdekutsche!"

Es ging nicht.

Die Vorstellungen, wie ein schöner Christbaum auszusehen hat, gehen weiter auseinander, als man denkt. Betrachten sie nur einmal …

FAMILIE HEINZLS CHRISTBAUM

Das Christbaum-Aufputzen war bei Familie Heinzl immer eine rituelle Handlung. Der Vater holte den Karton mit den Weihnachtssachen aus dem Keller und behängte die Äste mit dem x-fach bewährten Schmuck.

Heinzls hatten auch eine Tochter namens Jennifer, die, als sie älter wurde, beim Aufputzen half. In ihren Teenagerjahren würzte sie ihre Mitarbeit leider zunehmend mit kritischen Bemerkungen, wie: „Könnt's ihr den Baum nicht einmal anders machen? Die Swobodas haben letztes Jahr einen ganz in Rot gehabt und auch einen schöneren Schmuck als dieses altmodische Glaszeugs!"

Vater Heinzl reagierte verärgert: „Wenn du einmal selbst eine Familie hast, kannst du meinetwegen karierte Socken aufhängen! Da darfst du tun, was du willst!"

So ähnlich kam es auch. Jahre später, als Jennifer einen Mann und zwei Kinder hatte, lebte sie ihre Phantasie voll aus. Sie schmückte die Bäume mit Holzspänen, Filz und Federn, stylte sie ganz weiß oder schwarz, nagelte einzelne Äste direkt an die Wand und schmückte einmal sogar ihre Stehleiter.

Jennifers Kinder fanden nichts dabei, aber einmal, als sie am Weihnachtsabend bei den Großeltern zu Besuch waren und dort den originalen altmodischen Heinzl-Baum stehen sahen, waren sie sich einig. Das nächste Fest wollten sie unbedingt auch mit so einem Christbaum feiern.

Jennifer hatte überraschenderweise gar nichts dagegen, denn nostalgische Vintage-Bäume sind ja total angesagt!

Er kommt immer dann, wenn man ihn am allerwenigsten braucht: Der …

HEXENSCHUSS

Herr Czerny ist ein strenger Hausmeister, aber das muss er auch sein. Denn in seinem Haus wohnen zwölf Parteien, die alle ihre Eigenarten haben. Gemeinsam ist ihnen nur, dass sie gerne auf den Hausmeister schimpfen. So war es jedenfalls bis zum vergangenen Weihnachtsfest.

Damals begann es knapp vor dem Heiligen Abend heftig zu schneien, sodass Herr Czerny vor dem Haus Schnee schaufeln musste. Mitten in der Arbeit ließ er jedoch seine Schaufel fallen und sank zu Boden. Frau Kuchler, die im zweiten Stock wie üblich aus dem Fenster schaute, schob den Vorhang zur Seite, um besser sehen zu können. Dabei fiel ihr ein Blumentopf vom Fensterbrett, und das machte wiederum so einen Krach, dass Herr Rafelsberger im Stock darunter ebenfalls zum Fenster ging.

„Trudi! Is des da draußt unser Hausmasta?", rief er.

„Ui je!", bestätigte sie, lief auf den Gang hinaus und läutete nebenan bei Frau Böhm. Die arbeitet als Reinigungskraft im Krankenhaus und kennt sich deshalb mit Notfällen aus. Frau Böhm stürmte gleich die Stiegen hinunter und fand Herrn Czerny mit schmerzverzerrtem Gesicht am Boden sitzen.

„Soll i die Rettung holen?", fragte sie.

„Na, na! I hab ma nur des Kreuz verrissen! Helfen S' ma bitte einfach auf!"

Frau Böhm versuchte es, aber erst mit Hilfe des kräftigen Herrn Öztürk konnte der bedauernswerte Hausmeister aufgerichtet und in seine Wohnung gebracht werden. Um den Gang freizumachen, schoben sogar Frau Jovic ihren Kinderwagen und Herr Leichtfried sein Fahrrad zur Seite, was Herrn Czernys Autorität bisher nie bewirken konnte. Herr Wotruba schaufelte den Gehsteig fertig, und Frau Kuchler holte für alle ihren legendären Zirbenschnaps.

Während der folgenden Weihnachtsfeiertage verzichtete der stets emsige Heimwerker Herr Rappold auf seine Wohnungsbohrarbeiten, Familie Zelenka übersiedelte ihre Schuhablage vom Gang ins Vorzimmer, und sogar die Kinder der Familie Lutz brüllten um einen Deut leiser.

Das ganze Haus war näher aneinandergerückt – dank Herrn Czernys Hexenschuss. Oder war's doch wegen Weihnachten?

Der folgende Text beginnt wie ein Beschwerdebrief. Es geht darin um ein in diesen Tagen sehr wichtiges kleines Ding – einen …

CHRISTBAUMKERZENHALTER

„Sehr geehrter Herr Amazon! Ich weiß, dass Sie nur ein Versandhändler sind und nichts dafür können für die Produkte, die Sie mir zuschicken. Trotzdem muss ich Ihnen jetzt schreiben, weil ich sonst nicht wüsste, an wen ich mich sonst wenden könnte.

Also, es geht um die Christbaumkerzenhalter, die ich von Ihnen kürzlich bekommen habe. Sie werden sich vielleicht erinnern, es waren zehn Stück aus silbernem Blech, oben mit so einem Schüsserl, wo man die Kerze reinstecken kann und unten einem Zwickerl zur Befestigung auf den Zweigen.

Die Sache ist jetzt so: Ich finde es sehr schwer, auf den Ästen eine Stelle zu finden, wo die Kerze gerade steht.

Herr Amazon! Jetzt werden Sie sagen, deswegen kann man den Oberteil vom Christbaumkerzenhalter ja herumschwenken und einstellen, sodass die Kerze irgendwann gerade ist. Aber Sie müssen ja schon selber bemerkt haben, dass dieses Kugelgelenk viel zu locker und ein Glumpert ist! Jedes Jahr kaufe ich mir neue Christbaumkerzenhalter, weil ich hoffe, dass sie diesmal funktionieren. Aber seit ich einen alten Christbaumkerzenhalter meiner Großmutter gefunden habe, weiß ich, dass die Konstruktion schon seit hundert Jahren dieselbe ist und bestimmt schon damals ein Dreck war.

Herr Amazon, warum erzähle ich Ihnen das alles? Weil in Ihrer Lieferung vom 22.12. ein Christbaumkerzenhalter dabei war, der funktioniert hat!!! Das ist so sensationell, dass ich Sie bitte, den Hersteller davon zu verständigen.

Viele große Erfindungen wurden durch einen Irrtum gemacht. Vielleicht hat die Firma durch einen Produktionsfehler einen neuen Christbaumkerzenhalter geschaffen, der kommenden Generationen ganz viel Ärger erspart. Das wäre doch wunderbar!

Beiliegend der funktionierende Christbaumkerzenhalter, damit sie wissen, wovon ich rede. Ich hab ihn gar nicht auf den Baum getan, weil er dafür zu schade ist!"

Manche Weihnachtsgeschenke muss man persönlich zustellen, und so kommt es oft zu einem ziemlich umständlichen System der …

GESCHENKEZUSTELLUNG

Wie bei vielen Leuten, hat es sich auch bei Familie Zischek so eingebürgert, dass am Vormittag des 24. Dezember kleine Geschenke ausgeführt werden. Fünf befreundete Familien haben Zischeks auf ihrer alljährlichen Zustellliste, von denen sie ihrerseits immer mit kleinen Gabenkörbchen bedacht werden. Bei dieser Gelegenheit stellt man oft fest, dass man einander schon lange nicht mehr besucht hat, aber eine Flasche mit selbstgemachtem Eierlikör ist wenigstens eine nette Geste, mit der man wieder ein Jahr Zeit gewinnt.

Wer wen beliefert ist davon abhängig, wer zuerst losfährt. Einmal war es sogar so, dass Frau Zischek auf halbem Weg Frau Kudlich begegnete, die gerade Richtung Zischek unterwegs war. Mitten auf einer belebten Straße stiegen beide aus den Autos, um ihre Geschenke auszutauschen.

Es war übrigens das letzte Mal, dass sich die zwei Freundinnen persönlich trafen. Frau Kudlich gewöhnte sich an, ihr Geschenk ohne anzuläuten einfach auf Zischeks Fußmatte zu deponieren, und umgekehrt geschah es ebenso.

Nach einigen Jahren begann Frau Zischek an der Sinnhaftigkeit dieser gegenseitigen Schenkerei zu zweifeln. Sie stand schon vor Kudlichs Tür, als sie sich ganz spontan dazu entschloss, ihr Körbchen Kudlichs Nachbarn, einer Familie Demir, zu überreichen.

Die war natürlich völlig verblüfft, aber sie freute sich sehr. Und das ist ja bei Geschenken das Wichtigste!

Man rackert sich ab, läuft wie verrückt herum und hat Stress wie zu keiner anderen Zeit des Jahres. Alles nur zu einem Zweck – man will …

DEN ABEND GENIESSEN

Mama macht schon die Salate, damit sie den Abend genießen kann.

Papa legt die Weihnachts-CD bereit, damit er den Abend genießen kann.

Die Kinder hängen am Handy.

Mama bäckt noch einen Kuchen, damit sie den Abend genießen kann.

Papa stellt schon das Bier in den Kühlschrank, damit er den Abend genießen kann.

Die Kinder hängen immer noch am Handy.

Mama fährt noch einmal einkaufen, damit sie den Abend genießen kann.

Papa füttert die Aquariumfische, damit er den Abend genießen kann.

Die Kinder überlegen, was sie der Mama schenken könnten.

Mama saugt noch einmal Staub, damit sie den Abend genießen kann.

Papa schreibt noch ein Mail, damit er den Abend genießen kann.

Die Kinder überlegen, was sie dem Papa schenken könnten.

Mama bügelt für Papa ein Hemd, damit sie den Abend genießen kann.

Papa stellt vier Gläser auf den Tisch, damit er den Abend genießen kann.

Die Kinder schreiben Papa und Mama Gutscheine für irgendwas.

Dann ist sie da, die Bescherung. Und Papa und die Kinder fragen, warum Mama den Abend nicht einfach genießen kann. Sie schläft nämlich schon im Stehen ein …

Nicht jeder hat zu Hause einen Christbaum. Manchmal ist einem auch nicht danach, einen aufzustellen. Aber hier gibt es Grund zur Freude, denn …

DER CHRISTBAUM IST ZURÜCK!

Als ich noch klein war, da hat leicht
der Christbaum bis zur Decke g'reicht.
Er war zwar eine Fichte nur,
von Doppeltanne keine Spur,
doch war er immer eine Pracht
alljährlich zur Heiligen Nacht.
Doch als ich wurde zirka zehn,
da konnte man schon deutlich seh'n,
der Baum war etwas kleiner jetzt,
ein Trend hatte nun eingesetzt.
Man merkte es zuerst ja kaum:
So wie ich wuchs, schrumpfte der Baum!
Und wie ich auszog von zu Haus,
da sagten meine Eltern: „Aus!
Wir lassen's mit dem Bäumchen sein,
das braucht man nicht für uns allein!"
Und dann kam an ihr Enkelkind
und änderte die Welt geschwind.
Im alten Haus steht wieder da,
ein Baum, so wie er früher war!
Es dreht ein Kind, was für ein Glück,
in mancher Weis' die Zeit zurück.

Weihnachtsengel haben eine anspruchsvolle Arbeit, die vor allem in sehr kurzer Zeit getan werden muss. Eine Alternative dazu wäre das Wirken als …

SCHUTZENGEL

„Ambrosius, ich weiß eigentlich gar nicht, ob ich für immer ein Weihnachtsengel bleiben will!", sagte der junge Blasius unlängst.

„Wie kommst du jetzt darauf?", antwortete Ambrosius.

„Ich hab mir das nicht so anstrengend vorgestellt: dieses ganze Herumgefliege, den Stress mit den Wünschen und den Packerln. Ich glaub, da krieg ich früher oder später ein Burnout!"

„Aber es ist doch wunderschön, wenn man den Menschen so viel Freude bereiten kann!"

„Schon, nur ist das wirklich so wichtig, ob der kleine Max sein neues Handy jetzt zu Weihnachten bekommt oder erst zum Geburtstag?"

„Du wirst doch jetzt keine Sinnkrise bekommen! Was wärst du denn lieber?"

„Schutzengel! Da wird man immer angebetet und hat mit dem ganzen Weihnachtstrubel nichts zu tun!"

„Na schön, wenn dir das lieber ist …"

„Du hättest gar nichts dagegen?"

„Überhaupt nicht! Schutzengel zu sein, ist super! Alles, was du tun musst, ist ständig den Menschen hinterherfliegen, Gefahren aus dem Weg räumen, Arbeitszeit 0–24 Uhr, kein Urlaub, volle Verantwortung, und wenn du irgendeinen wahnsinnigen Extremsportler beschützen musst, wird's besonders interessant!"

„Hm …"

„Ein paar gute Worte bekommst du übrigens höchstens dann, wenn jemand zum Beispiel dank deiner Betreuung ein idiotisches Überholmanöver überlebt hat! Nun, willst du immer noch Schutzengel werden?"

„Also, ich werd's mir noch überlegen. Einstweilen pack ich bei dir noch ein paar Geschenke ein!"

„Gut so, lieber Blasius!"

Es gab Zeiten, da konnte man auf diese Weise rund um den Globus reisen. Heute fährt man nur mehr in besonderen Fällen per …

AUTOSTOPP

Für einen 24. Dezember war gar nicht so viel Verkehr. Evelin war um drei Uhr losgefahren und rechnete, in einer Stunde bei ihren Eltern zu sein. Die lebten seit einigen Jahren in einem kleinen Haus am Land. Sie würde noch Zeit genug haben, um bei den Vorbereitungen zum Essen zu helfen und freute sich schon, Weihnachten wieder einmal bei Mama und Papa zu feiern.

Das Wetter war gut, nur gerade voraus gab es ein paar dunkle Wolken. Im Radio sprach jemand von schneebedingten Behinderungen, aber das nahm Evelin kaum wahr. Erst als sie in ein dichtes Flockengestöber tauchte, erinnerte sie sich daran. Die Landschaft wurde zuschends winterlicher, und die wenigen entgegenkommenden, schneebedeckten Autos verhießen auch nichts Gutes.

Da sah Evelin diese Gestalt an der Bushaltestelle. Beim Näherkommen erkannte sie, dass es ein junges Mädchen war und hielt ihr Auto unwillkürlich an. Im Rückspiegel sah Evelin, wie die Kleine herankam und öffnete die Beifahrertür.

„Kann ich dich mitnehmen?", fragte sie.

„Wenn du so nett bist!", sagte das Mädchen.

„Wo willst du denn hin?"

„Nach Hause! Da vorne müsstest du rechts von der Hauptstraße runter!"

Evelin wollte eigentlich geradeaus fahren, aber für die Kleine machte sie den Umweg natürlich gerne.

„Ist es weit?", fragte sie.

„Gar nicht! Ich zeig dir den Weg!"

Das Mädchen hatte eine Pudelhaube auf dem Kopf und trug einen dicken Schal, aber Evelin sah, dass es hübsch war. Und mutig, dachte sie.

„Was machst du denn so allein hier draußen, bei diesem Wetter?"

Eine befriedigende Antwort auf diese Frage gab die Kleine nicht, aber sie begann unbefangen zu plaudern, sagte von Zeit zu Zeit „Da bitte links!" und „Da bitte rechts!", bis Evelin überhaupt nicht mehr wusste, wo sie war.

An einer Abzweigung bat das Mädchen schließlich, aussteigen zu dürfen.

„Es ist nur mehr ein kleines Stückchen. Das gehe ich zu Fuß", sagte es und deutete auf ein Bauernhaus. „Ich danke dir fürs Mitnehmen! Und du fährst jetzt einfach da vorne durch den Wald, dann bist du in ein paar Minuten daheim!"

Das Mädchen warf die Türe zu und verschwand in der Dämmerung. Bald sah Evelin tatsächlich das kleine Dorf vor sich, in dem ihre Eltern wohnten, und es wurde ein wunderschöner Heiliger Abend.

Am nächsten Morgen hörte sie in den Nachrichten, dass auf der Strecke, die sie am Vortag fahren wollte, gegen 16 Uhr ein Unfall passiert war und die nachfolgenden Autofahrer die ganze Nacht in ihren Fahrzeugen verbringen mussten.

Ob auf dem Beifahrersitz Ihres Autos wohl noch ein bisschen Sternenstaub lag?

Feste zu feiern, ist während einer Pandemie ja gar nicht wirklich möglich. Die Lösung aller Terminprobleme wäre vielleicht eine Art …

UNIVERSALFEST

Es war ein verflixtes Jahr gewesen. Ludwigs runder Geburtstag fiel einem Corona-Lockddown zum Opfer, und der Geburtstag seiner Frau Theresia ging völlig unter, weil sie sich zu dieser Zeit gerade auf Kur befand. Auch alle anderen Festivitäten konnten aus verschiedenen Gründen nicht wahrgenommen werden.

„Wisst ihr was?", sagte Tochter Konstanze daraufhin. „Wir holen alle Feste des Jahres zu Weihnachten nach! Am Heiligen Abend sind wir sowieso vollzählig beisammen, und Mama braucht nur einmal was zum Essen machen!"

Die Idee fanden alle ziemlich gut, und so wurde der 24. Dezember zu einem Universalfest der ganzen Familie. Es begann mit der feierlichen Überreichung von Geburtstagsgeschenken für Ludwig und Theresia, dann sagte Konstanze zu den Eltern:

„Jetzt bitte volle Konzentration auf die Namenstage! Wir wünschen euch viel Spaß mit diesen Gutscheinen. Packt sie schnell aus, damit wir euch auch unsere Überraschungen für Mutter- und Vatertag geben können!"

„Aber vorher kriegt's ihr noch die Kleinigkeiten, die *wir* für *euch* vorbereitet haben!", wandte Ludwig ein und überreichte die im Laufe des Jahres angesammelten Gaben für Tochter, Schwiegersohn und Enkelkinder. Der sechsjährige Jonas bekam bei dieser Gelegenheit auch seine Schultüte, auf die er im September vergeblich gewartet hatte.

Es wurde ein noch nie dagewesenes Fest. Das Wohnzimmer füllte sich mit Verpackungsmaterial, und als sich die

Aufregung gelegt hatte, rief Theresia: „So, jetzt hätt ich aber schon einen Riesenhunger!"

Sie servierte ihren köstlichen Karpfen und alle begannen zu schmausen. Irgendwann fiel Ludwigs Blick dann auf den still in der Ecke stehenden Christbaum. Zu blöd, auf Weihnachten hatten sie ganz vergessen!

Schon im 19. Jahrhundert beschrieb Peter Rosegger seine Kindheitserinnerungen an die Waldheimat in der Steiermark. In einer seiner Geschichten erzählt er, wie schwierig damals ein Weihnachtseinkauf sein konnte. Eine heutige Version könnte so lauten:

WIE PETER UM DIE CHRISTTAGSFREUDE FUHR

„Peter, wach auf! Du musst runter in den Ort fahren und ein paar Sachen einkaufen, damit wir morgen am Christtag was zu Essen haben!"

Der Bub öffnete die Augen und blickte ins Gesicht seines Vaters. Der Wecker zeigte halb sieben, und der einsame Bergbauernhof lag noch im Dunkeln.

„Aber wieso kannst du das nicht machen?", murmelte Peter.

„Weil mir das Auto nicht anspringt! Fahrst halt mit deinem Mountainbike, es liegt eh kein Schnee!"

Mutter hatte die Einkaufsliste schon vorbereitet.

„Peter, schau: Wir brauchen Mehl, Schmalz, ein Packerl Germ, Salz, Rosinen, Zucker, Safran, ein Neugewürz und fünf Semmeln!"

Der Vater fügte hinzu: „Und wennst schon unten im Ort bist, fahr bitte zum Holzhändler und sag ihm, er soll dir die 50 Euro geben, die er mir noch schuldig ist. Mit dem Geld kannst dann auch gleich einkaufen gehen!"

Peter machte sich auf den Weg und stand bald vor dem Büro des Holzhändlers. Es war natürlich geschlossen – heute am 24. Dezember.

Hochbetrieb herrschte hingegen im Supermarkt. Dort wanderte Peter ratlos durch die langen Regalstraßen, nahm schließlich sein Handy und rief die Mutter an.

„Mama, ich kenn mich nicht aus!", sagte er. „Vom Salz gibt's neun verschiedene Sorten. Willst du das Tafelsalz, das Kristallsalz oder das Feinkristallsalz? Soll ich das jodierte oder das unjodierte nehmen? Meersalz, Himalayasalz oder Kräutersalz?"

Während der folgenden Diskussion über 24 Mehl- und 30 Zuckersorten ging Peters Handy der Akku aus, und als ihm auch noch einfiel, dass er ja gar kein Geld hatte, weil er den Holzhändler nicht angetroffen hatte, setzte er sich müde und verzweifelt auf eine Bierkiste.

Plötzlich wurde er von einem Mann angesprochen, in dem er seinen Onkel Kilian erkannte. Ihm erzählte er seine hoffnungslose Lage, und er war es schließlich auch, der Mutter nochmals anrief und den Einkauf einstweilen für ihn bezahlte.

Wieder zuhause erzählte Peter, was er erlebt hatte. In der Stube saß auch sein Großvater, und als der sich alles angehört hatte, sagte er: „Weißt, da hat's einmal einen Waldbauernbuben namens Peter Rosegger gegeben, dem ganz was Ähnliches passiert ist! Nur ist der zu Fuß stundenlang durch den hohen Schnee marschiert und hat kein Handy gehabt!"

„Vielleicht", antwortete Peter. „Aber der ist auch nicht vor 30 verschiedenen Zuckersorten gestanden!"

Sie sind ein Geschenk, bei dem man nichts oder auch alles falsch machen kann …

KRAWATTEN

„Mama, ich finde es ganz lieb, dass du dem Herbert immer sowas Schönes zu Weihnachten schenkst! Wirklich! Aber weißt du, es muss, versteh mich nicht falsch, es müsste nicht immer eine Krawatte sein!"

Birgit versuchte, ihre Mutter auf möglichst behutsame Weise darauf aufmerksam zu machen, dass sie ihrem Schwiegersohn seit ewigen Zeiten immer nur Krawatten schenkte. Er besaß nun schon eine Sammlung, mit der man eine Ausstellung über die langweiligsten Krawatten aus drei Jahrzehnten gestalten könnte, und dabei trug Herbert so ein Kleidungsstück nur in absoluten Ausnahmefällen.

Birgits Mutter war sich dieser Tatsache längst selbst bewusst, das Problem bestand aber darin, dass ihr nichts anderes einfiel, als Krawatten zu schenken. Ihre Gedankengänge verliefen ungefähr so:

- Ich möchte Herbert was zum Anziehen schenken, das in jedem Fall passt … eine Krawatte.
- Er könnte beruflich mehr aus sich machen … mit einer Krawatte.
- Ich wünsche mir, dass er in besonderen Momenten an seine Schwiegermutter denkt … durch eine Krawatte.
- Wirklich brauchen würde er ein neues Auto. Etwas günstiger ist … eine Krawatte.
- Ich habe mich zwischen einem Buch und einer CD nicht entscheiden können. Der Kompromiss ist … eine Krawatte.
- Was ihm bestimmt schmecken würde, wäre ein guter

Whiskey. Er soll aber kein Alkoholiker werden …
deshalb eine Krawatte.

• Er muss schon sehr viele haben, also kommt es auf
eine weitere nicht mehr an … eine weitere Krawatte.

Und doch – an einem 24. Dezember, der in die Familien-
geschichte eingehen sollte, bekam Herbert unvermutet etwas anderes. Die Schwiegermutter hatte Weihnachten mit
dem Geburtstag verwechselt. Zu dem schenkt sie Herbert
nämlich immer Socken.

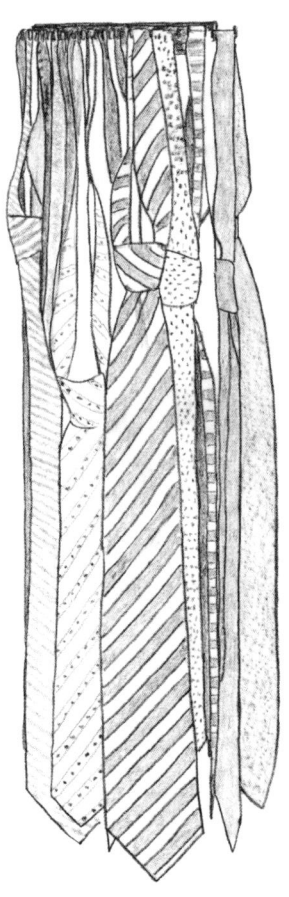

Familie Mayers Heim wurde in den letzten Jahren voll automatisiert. Es ist, wie man das heute so nennt, ein ...

SMARTES HAUS

Frau Mayer wollte ihrem Mann einen neuen, natürlich smarten Fernseher schenken. Den hatte sie schon vor einiger Zeit gekauft und zunächst im Keller versteckt. Am Nachmittag des 24. Dezember, nachdem sie ihren Mann mit den Kindern auf den Spielplatz geschickt hatte, wollte sie das Paket ins Wohnzimmer tragen und betrat die Kellerstiege. Die smarte Beleuchtung ging automatisch an und fragte die Alarmanlage, ob das eh in Ordnung wäre, dass sich da jemand herumbewegt.

Die Alarmanlage war sich aber nicht sicher, weil es im Mayer'schen Haus generell viel Bewegung gab, und sie gerade nicht wusste, ob sie im Moment scharf sein sollte oder nicht. Das war ihr unangenehm, und so erkundigte sie sich bei den anderen mit ihr vernetzten Haushaltsgeräten nach deren jüngsten Wahrnehmungen.

Der Kühlschrank sagte, dass er zuletzt vor dem Mittagessen geöffnet worden wäre, als ihm Herr Mayer eine Flasche Bier entnahm. Die sonst immer gut informierten Rollläden wussten von nichts, und der Saugroboter war zuletzt nur der Katze begegnet. Niemand hatte etwas Verdächtiges gesehen, doch alle waren der Meinung, dass die Alarmanlage sicherheitshalber losgehen sollte.

Da, im letzten Augenblick, meldete sich der alte Thermostat der Heizung: „Jetzt einmal alles mit der Ruhe!", rief er. „Ihr mit eurem smarten Schnickschnack wart ja letzte Weihnachten noch gar nicht installiert und habt daher keine Ahnung, worum's bei diesem Fest geht! Ich arbeite hier schon seit 30 Jahren und kann euch sagen: Am Heiligen Abend spielen sich im Haus Dinge ab, die nicht jeder wissen soll, sonst ist die ganze Überraschung hin. Wenn es jetzt einen Alarm gibt, wird Frau Mayer ganz schön sauer sein! Die wollte euch sowieso nicht im Haus haben, sondern nur ihr technikverliebter Mann!"

Die Alarmanlage hielt tatsächlich still, und Weihnachten war gerettet!

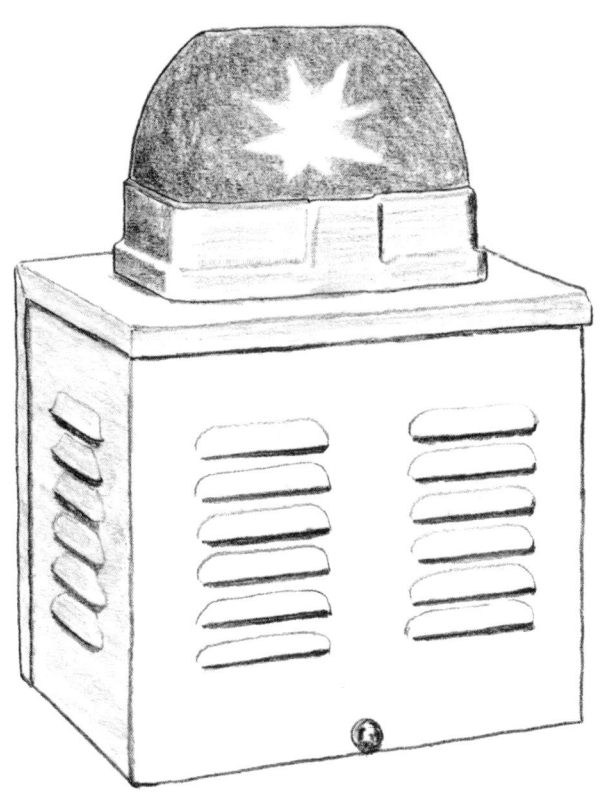

Es hat immer etwas sehr Verführerisches, weil man meint, es wäre besonders günstig – so ein …

ANGEBOT IN LETZTER MINUTE

Hannes wollte in letzter Minute noch einen Christbaum kaufen, besser gesagt, seine Frau beauftragte ihn damit. Er selbst geht überhaupt nicht gerne einkaufen und ist bei geschäftlichen Verhandlungen dementsprechend ungeschickt. Aber greifen wir den Dingen nicht vor.

Der Christbaumverkäufer, in dessen Hände sich Hannes begab, hatte nur mehr ganz wenige unansehnliche Restfichten und rief:

„Sie kommen gerade noch rechtzeitig! I bin schon beim Wegräumen!"

„Glück muss man haben!", sagte Hannes erleichtert.

„Wissen S', auch Christbaumverkäufer wollen Weihnachten feiern, und deshalb gibt's meine letzten Bam besonders günstig: Wenn S' drei nehmen, is aner gratis!"

„I brauch ja nur an!"

„Schauen S' Ihnen meine Prachtexemplare doch erst einmal an! Sowas kriegen S' dann a ganzes Jahr lang nimmer!"

„Aber i hab doch nur a Wohnzimmer!"

„Und was is mit'm Schlafraum und der Küche? Weihnachten is doch überall oder net?"

„Schon … aber …"

„Haben S' an Vorgarten?"

„Nur an Balkon im vierten Stock!"

„Na, was glauben S', wie Sie die anderen Hausparteien bewundern werd'n, wenn auf Ihnerm Balkon so a schöner Christbaum steht!"

Dabei präsentierte er Hannes einen Besen, der sich tatsächlich ideal für den Balkon eignete, weil er halbseitig astlos war.

„Passen S' auf: Weil i schon in Weihnachtsstimmung bin, schenk i Ihnen meine letzten fünf Bam alle z'samm um 300 Euro! Na, is des a G'schäft?"

Hannes konnte dieses sensationelle Angebot nicht ablehnen und fand es sehr nett, dass der Verkäufer um zusätzliche 30 Euro bereit war, die Bäume mit seinem Pritschenwagen auch noch zu ihm nach Hause zu liefern.

Die ganze Aktion war für Hannes am Ende tatsächlich unerwartet erfolgreich. Seine Frau wird ihn jetzt nämlich lange nicht mehr einkaufen schicken!

Ob man sein Leben alleine verbringt oder nicht, kann man oft nicht selbst bestimmen. Eine entscheidende Wendung ergibt sich hier bei einem …

WEIHNACHTSSPAZIERGANG

Herr Wondrak fühlte sich allein,
grad heute wollt er das nicht sein,
strich durch die Stadt, so kreuz und quer,
es war schon spät und alles leer,
weil viele, wie sich denken lässt,
schon feierten ihr Weihnachtsfest.
Da lief vor ihm von links, oh Schreck,
ihm eine Katze über'n Weg,
kohlrabenschwarz, das ist fatal,
doch Wondrak war das schon egal.
Wo wollte diese Katze hin?,
so ging es kurz ihm durch den Sinn,
die läuft herum, planlos wie ich,
das Leben ist oft jämmerlich!
Er spürte einen leeren Bauch,
und kalt war ihm jetzt langsam auch,
es zog ihn heimwärts, auch wenn da,
kein Mensch außer ihm selber war.
Kaum schaute er sich jetzt noch um,
und dachte schon an Tee mit Rum,
doch wie er kam zum Eingangstor,
da saß die Katze von zuvor,
schaute ihn an, folgte ihm glatt!
Seitdem kauft Wondrak Kitekat!

Versuchen Sie sich einmal an Ihre frühesten Kindheitseindrücke zu erinnern. Da tauchen vielleicht ganz seltsame Dinge auf, direkt aus dem …

UNTERBEWUSSTSEIN

„Heuer wird sie Weihnachten schon verstehen!"", sagte Frau Krappl, die Mutter der dreijährigen Anna. „Da müssen wir uns besonders viel Mühe geben, damit es ein schönes Fest wird!"

„Das tun wir doch eh immer!"", antwortete ihr Mann, aber sie bestand darauf, dass die Prozedur rund um den Heiligen Abend noch verbesserungsfähig wäre: „Wir sollten mit den Vorbereitungen halt schon früher anfangen und nicht immer alles in letzter Minute erledigen!"

Es wurde leider so hektisch wie immer. Frau Krappl hetzte wieder bis zum Glockerlläuten herum und warf ihrem Mann vor, dass er den Christbaum ja schon vor drei Tagen hätte aufstellen können.

Als die kleine Anna mit ihren Eltern und Großeltern zum Klang von ‚Stille Nacht' endlich vor dem strahlenden Christbaum stand, roch es plötzlich nach angebrannter Weihnachtsgans.

Mit einem spitzen Schrei lief Frau Krappl in die Küche und zog den schon teils schwarzen Braten aus dem Rohr. Sie konnte sich kaum beruhigen, weil das Fest aus ihrer Sicht nun gründlich schiefgegangen war.

Die einzige, die alles ziemlich lustig fand, war die kleine Anna. Die Panne des Abends brannte sich – im wahrsten Sinn des Wortes – in ihr kindliches Gedächtnis ein. Tief drinnen im Unterbewusstsein ist sie auch heute noch davon überzeugt, dass Weihnachten ohne den Geruch nach verkohlter Gans nicht komplett wäre.

Blasius, der junge Freund vom Weihnachtsengel Ambrosius, ist in manchen Belangen noch ein wenig unerfahren – zum Beispiel beim …

CHRISTBAUMBESORGEN

„Puh, das war aber jetzt echt anstrengend! Sogar für einen Weihnachtsengel!", schnaufte Blasius, als er nach einer Dienstreise wieder auf seiner Wolke acht landete.

„Ja, ich muss zugeben, der schaut nicht schlecht aus, der Christbaum, den du da besorgt hast!", sagte Ambrosius anerkennend.

„Die Leutchen auf der Erde sollten sich den aber eigentlich selber kaufen!"

„Manchmal müssen wir Engel das halt auch noch übernehmen. Wo hast du denn dieses Prachtstück her?"

„Von dem Wald da unter uns. Wenn man reinkommt, gleich rechts!"

„Du Unglücksengel! Links hab ich dir gesagt! Links ist der Christbaumwald, rechts steht ein streng geschützter Jungwald!"

„Is doch wurscht!"

„Eben nicht! Wenn man den Baum von dort holt, kann man ordentliche Schwierigkeiten bekommen!"

„Und was soll ich jetzt machen? Ich kann das Grünzeug ja schwer wieder zurückbringen!"

„Pass auf, wir machen's einfach so, bevor unser Oberweihnachtsengel davon erfährt: Du besorgst einen von diesen lebenden Christbäumen in der Baumschule und stellst ihn dorthin, wo du den anderen abgeschnitten hast!"

„Superidee! Und dann schau ich mir das an, wenn der Förster kommt, und einer seiner Tannenbäume plötzlich im Blumentopf dasteht!"

Anrufe kommen oft zur Unzeit. Und dann womöglich auch noch von einem …

MEINUNGSFORSCHUNGSINSTITUT

24. Dezember, 11 Uhr vormittags. Frau Brausewein ist gerade am Sprung, um noch was einzukaufen, als das Telefon klingelt. Eine Frauenstimme sagt:

„Einen schönen guten Tag, Meinungsforschungsinstitut Soundso. Ich darf Ihnen ein paar Fragen stellen, wir zeichnen das Gespräch auf und danken für Ihre Zustimmung!"

„Sind Sie von allen guten Geistern verlassen? Um diese Zeit rufen Sie mich an?"

„Wäre es Ihnen am Abend lieber?"

„Heute ist Weihnachten!!!"

„Das bringt mich gleich zu meiner ersten Frage: Sind Sie mit Ihren Weihnachtsvorbereitungen gut in der Zeit? Auf einer Skala von 1 bis 5, 1 bedeutet *Alles in Ordnung*, 5 *Ich bin dem Wahnsinn nahe!*"

„Hören Sie … "

„Ich verstehe das als 5. Wenn Sie dem Wahnsinn nahe sind, kommt das daher, dass Sie mit den Vorbereitungen zu spät begonnen haben oder durch unerwartete Ereignisse von der Arbeit abgehalten wurden?"

„*Sie* halten mich doch gerade auf! Mit ihrem *Anruf!*"

„Das wäre meine nächste Frage: Wer ruft Sie denn gerne unerwartet an? Verwandte, Freunde oder Unbekannte?"

„Jetzt gerade eine unverschämte Unbekannte!"

„Na, du wirst dich doch noch an deine liebe Cousine Gerda erinnern! Haha! Ich wollte dir nur noch schnell ein frohes Fest wünschen! Mach's gut, und lass dich nicht ärgern!"

Wieder einmal reingefallen!

Wie der Friedhofsbesuch gehört sie für viele Menschen zum Ritual des Heiligen Abends, die …

KRIPPENLEGUNG

Der Mesner der Dorfkirche in Kleinwiesen bereitete alles für die Krippenlegung vor. Die Heilige Familie hatte er bereits aufgestellt, nun platzierte er das in ein Tuch gehüllte Jesuskind wie immer griffbereit auf dem Tisch der Sakristei.

Er konnte nicht damit rechnen, dass kurz darauf ein älterer und schon ziemlich zerstreuter Pfarrgemeinderat genau hier nach einer Kerze suchen und dabei das Tuchbündel irrtümlich in die Schublade stecken würde.

Die Folgen waren gravierend. Am Abend, während der wie immer gut besuchten Krippenlegungsfeier, gab der Pfarrer einem Ministranten das Zeichen, das Jesuskind zu holen, doch der kehrte mit leeren Händen aus der Sakristei zurück. Aufgeregt suchte auch der Mesner – ebenfalls erfolglos. Jesus war weg!

Der Pfarrer musste handeln. Er hatte die Zeremonie ohnehin schon in die Länge gezogen, und so entschloss er sich, die Kirchenbesucher mit seinem Problem vertraut zu machen. Er hatte da auch plötzlich eine wunderbare Idee und sagte:

„Liebe Gemeinde, nun wäre der Zeitpunkt gekommen, an dem wir das Jesuskind in die Krippe legen wollten. Leider ist die kleine geschnitzte Holzfigur, die es darstellen soll, gerade auf unerklärliche Weise verschwunden. Deshalb, liebe Alexandra …", er blickte auf ein vierjähriges Mädchen in der zweiten Reihe, „… deshalb frage ich dich, ob du uns dein Püppchen, das du heute sogar in die Kirche mitgenommen hast, vielleicht kurz für diese Feier borgen könntest!"

Die Gläubigen tuschelten und reckten die Hälse, um das angesprochene Mädchen zu sehen, und tatsächlich stand die kleine Alexandra auf und überreichte dem Pfarrer ihr heißgeliebtes Spielzeug.

In diesem Augenblick sagte die Puppe laut und deutlich: „Papa!". Ringsum ertönte ein Glucksen und Kichern, worauf ein kräftiges „Mama!" zu hören war. „Ja, Mama und Papa warten schon auf dich, wie alle anderen auch!", sagte der Pfarrer schlagfertig und legte Alexandras Püppchen mit einem Schmunzeln in die Krippe. Von dort kam noch ein schläfriges „Ich bin müde!", und dann wurde das „Stille Nacht" so behutsam gesungen, wie in der Dorfkirche Kleinwiesen noch nie zuvor.

Paketzusteller ist ein harter Job, besonders zu Weihnachten. Aber auch am 24. Dezember liefert er irgendwann …

DAS LETZTE PACKERL

Es ist schon längst dunkel, und der Paketbote Denys fährt mit seinem Kastenwagen immer noch durch die Stadt. Auf den Straßen sind inzwischen nur mehr wenige Menschen zu sehen, denn die meisten widmen sich schon ihrem Fest.

Denys hat nur noch ein einziges Päckchen auszuliefern, an eine etwas weiter draußen liegende Adresse. Da, wo er zu Hause ist, feiert man Weihnachten erst am 7. Jänner, vielleicht wird er dann auch bei seinen Leuten sein. Aber jetzt muss er halt noch arbeiten.

Endlich hat Denys sein Ziel erreicht, ein kleines, im Dunkeln liegendes Einfamilienhaus. Klingelknopf findet er keinen, und so geht er einfach durch den Garten bis zur Eingangstür. Dort will er das Packerl auf den Fußabstreifer legen und schnell wieder verschwinden, doch die Tür ist einen Spalt breit offen und er ruft:

„Hallo?"

Ein Mann erscheint, sieht das Päckchen und nimmt es Denys aus der Hand.

„Was sagt man dazu?" ruft er. „Genau zur Bescherung kommt das Buch mit den Weihnachtsgeschichten, das ich vor drei Tagen bestellt habe!"

Der Paketbote steht im Flur, vor einem Raum, in dem eine Familie gerade um den Christbaum versammelt ist.

„Jetzt um diese Zeit fahren Sie noch herum?", sagt der Mann bedauernd, gibt das Päckchen seiner Frau und unterschreibt die elektronische Empfangsbestätigung. Denys erklärt, dass er für heute ja mit der Arbeit fertig wäre, und wird noch bis zur Gartentür hinausbegleitet. Hinter dem

Boten sperrt der Hausbesitzer ab, und als er wieder zurück ins Zimmer kommt, blättert seine Frau bereits in dem neuen Buch.

„Schau einmal!", sagt sie, da gibt's eine Geschichte von einem Paketboten am Heiligen Abend! Die Leute, wo er sein letztes Packerl abgibt, laden ihn zum Essen ein!"

Ihr Mann geht daraufhin noch einmal hinaus, aber da ist der Lieferwagen schon um die Ecke verschwunden.

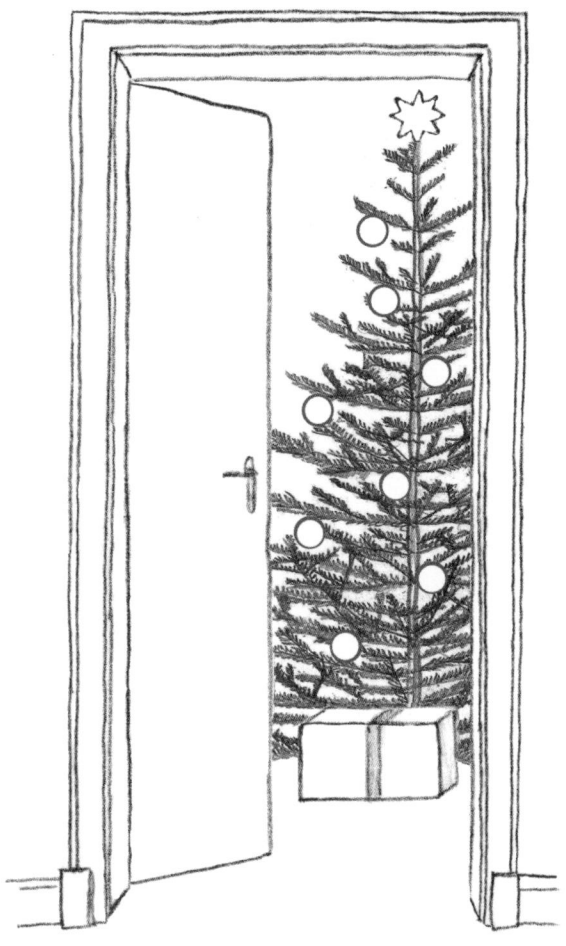

Man sagt ja, dass sich in der Christnacht geheimnisvolle Dinge ereignen. So kommt es manchmal vor, dass …

TIERE SPRECHEN

Der kleine Michael hatte das gerade erst erfahren. Also schlich er sich nach der Bescherung, während die Erwachsenen noch beim Essen saßen, unbemerkt ins Vorzimmer zum Körbchen des Spaniels Trixi.

„Es ist gerade günstig! Du könntest mir jetzt was erzählen!", sagte Michael. Doch Trixi machte keinen Mucks, und auch der auf dem flauschigen Teppich dösende Kater Murli blieb stumm.

In seinem Zimmer forderte Michael das Meerschweinchen Fips ebenso erfolglos zu einer Wortspende auf wie die Fische im Aquarium, aber von denen erwartete er sowieso keine Antwort.

Etwas enttäuscht wollte sich Michael gerade wieder zurück zur schmausenden Familie setzen, als er plötzlich ein feines Stimmchen hörte:

„Na, sag schon was, du fauler Hund! Jetzt kannst du endlich loswerden, dass du mehr spazieren gehen willst!"

Michael versteckte sich hinter der Türe und traute seinen Ohren nicht. War das gerade die Katze? Und der, der nun antwortete, der Hund?

„Das nützt doch nix! Ich hüpfe doch eh wie blöd herum, wenn man mir das Halsband umlegt, aber dann drehen wir trotzdem immer dieselbe fade Runde. Sag doch du, was du dir wünscht!"

„Ja, eh nur auf den Kopfpölstern im Schlafzimmer liegen! Aber die Familie scheucht mich immer runter!"

„Kein Wunder!", fiepte plötzlich das Meerschweinchen. „Bei den vielen Haaren, die du ständig verlierst? Ich persönlich hätte jedenfalls gerne einen anderen Platz für meinen Stall – einen, wo du nicht immer bedrohlich von außen durch die Gitterstäbe schauen kannst!"

„Sei froh, dass ich nicht mit vollem Bauch von innen durch die Gitterstäbe schau!", antwortete die Katze.

„Blubb!", sagte ein Aquariumfisch. „Wir mögen es auch nicht, dieses Gefühl, ständig beobachtet zu werden! Wir hätten gerne einen kleinen intimen Wohnbereich!"

Da hörte man auf einmal eine gedämpfte Stimme, die offensichtlich vom Dachboden kam: „Könnt ihr bitte eure Mäuler halten? Als Siebenschläfer brauche ich im Winter meine Ruhe!"

Tatsächlich verstummten alle und auch Michael wusste, dass es sinnlos wäre, sein Erlebnis den Großen zu erzählen. Es hätte ihm doch niemand geglaubt.

Allerdings wunderten sich die Eltern darüber, dass ihr Kind nun öfter mit dem Hund spazieren ging, den Meerschweinchenkäfig katzensicher auf die Kommode stellte und für die Aquariumfische eine kleine Höhle baute.

Es gibt keine statistischen Daten, aber ich könnte mir vorstellen, dass sie wohl am häufigsten zu hören sind, die folgenden …

Sprüche am Heiligen Abend

„Ich glaub, ich hab gerade was läuten gehört!"

„Der Baum ist ja heuer besonders schön!"

„Dürfen wir schon die Geschenke auspacken?"

„Erst tu ma noch was singen!"

„Jetzt gibt's noch keine Schokolade!"

„Mit den Krippenfiguren spielt man nicht!"

„Oma, das ist für dich!"

„Ihr seid's ja wahnsinnig!"

„Ich bin schon so neugierig, was du sagst!"

„Woher weißt du, dass ich mir das gewünscht habe?"

„Mama, setz dich doch auch einmal hin!"

„Pack endlich einmal du deine Geschenke aus!"

„Ich glaub, ich weiß schon, was drin ist!"

„Haben wir nicht ausgemacht, dass wir uns heuer gar nichts schenken?"

„Also, das wäre wirklich nicht nötig gewesen!"

„Ich hab noch die Rechnung, wenn du's umtauschen willst!"

Was Festtagsspeisen betrifft, gibt es in den meisten Familien jahrelang gepflegte Traditionen. So freuen sich viele Menschen bei passender Gelegenheit auf ein …

FONDUE

Bei Pichlers gibt es zu Weihnachten immer Fondue mit Fleisch- und Würstelstückchen, Champignons und zwei verschiedenen Saucen. Auch diesmal zieht sich das Familiengelage bis spät in die Nacht. Was nicht gegessen wird, kommt in den Kühlschrank, und der Fonduetopf bleibt bereit für den nächsten Besuch.

Anderntags kommen nämlich Onkel, Tanten und Cousinen, und man stellt fest, dass das Fleisch und die Saucen zwar reichen, bei den Würsteln und Champignons dagegen Nachschub benötigt wird.

Alle essen sich satt, trotzdem bleibt ein Rest, der in den Kühlschrank wandert. Der Fonduetopf wird auf dem Tisch belassen, weil die Pichlers am nächsten Tag ganz gemütlich nur mit den Kindern essen wollen.

Da stellt man fest, dass noch genügend Champignons und Würstel da sind, man aber unbedingt noch Fleisch aufschneiden muss. Familie Pichler lässt es sich schmecken, um hernach festzustellen, dass wiederum so viel Fleisch übriggeblieben ist, dass das Fondueessen am folgenden Tag neuerlich wiederholt werden sollte. Also werden die Champignons ergänzt und drei Baguettes gekauft, denn am nächsten Tag kommen ja auch Schwager und Schwägerin Franz und Gerlinde.

„Was machen wir mit den übrig gebliebenen Baguettes?", lautet die Frage, nachdem die beiden gegangen sind. „Am besten ist, wir essen morgen Fondue, es sind ja auch noch so viele Saucen da!"

Wie man sieht, kann die Fonduezeit bei Familie Pichler nur

durch ein gleichzeitig erfolgendes, restloses Aufessen aller Zutaten beendet werden, was üblicherweise erst nach einer Woche gelingt.

Außer es geht ihr schon vorher der Spiritus aus.

Es gibt teure, ausgefallene, passende, überraschende, kleine, liebevoll ausgesuchte, aber auch …

GEMEINE GESCHENKE

Geschenke gibt's, die sind, mir scheint,
nicht ausgesprochen gut gemeint.

Zum Beispiel, kauft der Mann der Frau
ein Kleid und ganz bewusst genau
um ein, zwei Größen ihr zu klein,
dann wird's wahrscheinlich deshalb sein,
weil er ihr damit sagen will,
mein lieber Schatz, du isst zu viel!

Hingegen, wenn *sie ihm* ein Werkzeug schenkt,
und schon beim Kaufen daran denkt,
dass er damit - welch Hinterlist -
schwer technisch überfordert ist,
dann zeigt sie so dem stolzen Mann,
dass er ja doch nicht alles kann.

Wenn jemand solche Dinge kriegt,
dann soll er schau'n, woran das liegt,
doch hat damit, so sag ich nun,
das Christkind sicher nichts zu tun!

Nicht einmal am Heiligen Abend können die Programmgestalter des Fernsehens auf Krimis verzichten. Aber wenn es schon sein muss, wie wär's dann mit einem ...

WEIHNACHTS-TATORT

Die Kamera zeigt einen Christbaum. Der Blick gleitet von oben nach unten, vorbei an Kerzen und allerlei Christbaumbehang bis zum Boden. Und da kommt sie ins Bild: eine zerbrochene Glaskugel. Hier ist etwas Fürchterliches geschehen!

Kurze Zeit später hört man die Stimme des Inspektors, in Gestalt eines Lebkuchen-Nussknackers im zweiten Astquirl.

„Hat jemand gesehen, wie das da unten passiert ist?", fragt er in die Runde der anderen Christbaumfiguren. Er wendet sich einem Schokoteddybären zu und blickt ihm streng ins Gesicht. „Sie zum Beispiel!"

Der antwortet ganz verdattert: „Da-da-das ist ganz schnell gegangen! Ich häng hier so herum, und plötzlich höre ich es unten klirren!"

Ein kleines Pony aus dünnem Glas schnaubt aufgeregt: „Mein Gott, es hätte genauso gut mich treffen können!"

Inspektor Nussknacker verschafft sich wieder Gehör: „Hat die Glaskugel irgendwelche Feinde gehabt? Sie glitzerte doch schöner als der ganze übrige Christbaumbehang!"

„Das glaube ich nicht!", antwortet der Schokomond. „Vielleicht hat sie ein Kind versehentlich runtergeschmissen, als es sich eine Nascherei holen wollte!"

„Da war gein Gind ...", sagt das Likörfläschchen, das allerdings immer voll und daher schlecht zu verstehen ist.

„Huhu!", ruft die nougatgefüllte Eule. „Die Glaskugel ist doch am untersten Ast befestigt gewesen. Genau in Reichweite der ... Katze!"

„Na schön!", resigniert Inspektor Nussknacker. „Legen wir den Fall einstweilen zu den Akten. Die Katze kann ich leider nicht befragen, die frisst nämlich manchmal auch ganz gerne Lebkuchen …"

Signation – der Weihnachts-Tatort ist zu Ende. Man sieht gerade noch zwei Hände die Scherben zusammenkehren und dahinter die unergründlichen Augen der Katze auf dem Sofa.

Modelleisenbahnen haben als Weihnachtsgeschenke heute nicht mehr denselben Stellenwert wie früher. Aber manchmal gibt es bestimmt auch heute noch einen …

BAHNHOF WOHNZIMMER

Es geschah am Morgen des Christtages. Die Heilige Familie im Kripperl unter dem Christbaum schlief noch, weil es am vorangegangenen Abend wie immer spät geworden war. Aber in Josefs Träume schlichen sich seltsame Geräusche – Kinderstimmen, ein Klicken und Klacken und schließlich ein Sausen, das von einer Seite kam und auf der anderen wieder verschwand.

Jemand rief: „Zug fährt durch! Bitte halten Sie Ihre Sachen fest!"

Der heilige Josef öffnete blinzelnd die Augen und sah gerade noch die letzten zwei Waggons einer Eisenbahngarnitur vorüberfahren.

‚Das ist doch dieses komische Spielzeug, das der kleine David gestern vom Christkind bekommen hat!', dachte er, und schon kam der Zug erneut daher, um diesmal direkt vor dem Kripperl anzuhalten. Davids ältere Schwester Laura verkündete mit Lautsprecherstimme: „Wohnzimmer-Christbaum! Umsteigen ins Matchboxauto Richtung Küche und Badezimmer!" Dann nahm sie den Hirten und drei seiner Schafe, setzte sie auf die Ladefläche eines Güterwaggons und rief: „Bitte nicht mehr einsteigen! Zug fährt ab!"

Sekunden später war die Zugsgarnitur um die Kurve verschwunden und Josef begriff: Das Kripperl, in dem er mit seiner Familie seit vielen Jahren wohnte, war von den Kindern in einen Bahnhof verwandelt worden. Er musste die heilige Maria wecken und mit ihr gemeinsam überlegen, was zu tun war. Aber da löste sich das Problem glücklicherweise von selbst. Die Mutter von David und Laura kam ins Wohnzimmer, und als sie sah, womit sich die Kleinen beschäftigten, sagte sie streng: „Das Kripperl ist kein Spielzeug!"

Die Bahnstrecke wurde ins Kinderzimmer verlegt und Josef fiel ein Stein vom Herzen.

Obwohl, eine Runde wäre er ja vielleicht auch ganz gerne mitgefahren, denn der Hirte erzählte nun bei jeder Gelegenheit, wie toll seine Reise gewesen war.

Ambrosius und Blasius haben auf ihrer Wolke acht natürlich eine sehr gute Aussicht, auch auf eine in der Nähe befindliche …

CLOUD

„Ambrosius, was ist das eigentlich da drüben für eine bunte Wolke?"

„Die Menschen nennen sie sehr einfallsreich Cloud, aber sie ist in Wirklichkeit gar keine richtige Wolke!"

„Sondern was?"

„Eine Art Müllhalde! Ich kenn' mich da auch nicht richtig aus, aber diese Wolke besteht aus den Dateien, die von den Computern der Menschen ausgespuckt werden. Nach Weihnachten wird die Wolke noch ein gutes Stück größer sein!"

„Wieso?"

„Weil sie dann all ihre neuen Weihnachtsfotos und Videos auch noch auf die Cloud schicken!"

„Warum behalten sie sie nicht bei sich?"

„Vielleicht, weil sich die Leute damit nicht ihre elektronischen Apparate verstopfen wollen!"

„Wenn unsere Weihnachtsarbeit erledigt ist, könnten wir da nicht einmal hinfliegen zu dieser Cloud? Mich würde wahnsinnig interessieren, was da alles drinnen ist!"

„Die ist angeblich sehr geheim und gut geschützt, zumindest glauben das die Menschen!"

„Haben sie denn keine Angst vor einem Datenwolkenbruch?"

„Manche wahrscheinlich schon! Die würden dann nämlich sozusagen auch aus allen Wolken fallen!"

Menschen, die gerade kleine Kinder haben, besitzen ein anderes Kommunikationsverhalten als ihre kleinkinderlose Umwelt. Man merkt es auch hier im Gespräch von …

GERDA UND HERMINE

Hermine saß mit ihrer Freundin Gerda beim Küchentisch, während ihr kleiner Sohn Noah einen Kakao schlürfte.

Gerda fragte: „Wie war Weihnachten bei euch? Wir haben diesmal schon um fünf … "

„Dodali!", unterbrach Noah.

„Was heißt das?", wollte Gerda wissen.

„Er will einen Strohhalm. Was wolltest du um fünf?"

„Ich habe gemeint, dass wir diesmal schon um fünf gefeiert haben!"

„Was gefeiert?", fragte Hermine geistig abwesend.

„Den Loten!" beschwerte sich Noah und bekam anstelle des blauen einen roten Strohhalm.

„Weihnachten!" rief Gerda.

„Nug!", stellte Noah fest und schob den Kakao von sich.

„Magst wirklich gar nix mehr?" Hermine machte ein trauriges Gesicht.

„Wir sind mit dem Christkind dann noch lange beisammengesessen!", erzählte Gerda und wartete auf Hermines Reaktion, aber die war ausschließlich mit ihrem Sohn beschäftigt.

„Noah, willst nicht ein Bilderbuch anschauen, damit ich mit der Gerda ein bisserl plaudern kann?"

„Vorlesen!", antwortete Noah, und Gerda erkannte, dass sie Hermine erzählen konnte, was sie wollte: „Ich habe das Christkind auch gefragt, wo man so schöne Flügel bekommt!"

Hermine hörte nicht zu, sondern holte ein Bilderbuch.

„Hast du gewusst, dass es den Heiligenschein in fünf verschiedenen Größen gibt?", setzte Gerda fort, nachdem Hermine mit einem Benjamin-Blümchen-Buch zurückgekehrt war.

„Schau, Noah! Da hast jetzt was zum Anschauen!", sagte sie.

„Und was sagst du dazu, dass der Schlüssel fürs Himmelstor unter der Türmatte liegt?"

„Vorlesen!", rief Noah.

„Hermine, ich lass euch lieber allein!"

„Aber du wolltest doch vorhin irgendwas wissen!"

„Nur wann gestern bei euch der Benjamin Blümchen gekommen ist …"

„Ach so! Der kommt bei uns jeden Tag! Gell, Noah? Trörööh!"

Optimisten freuen sich auf ein unbeschwertes Fest. Manche machen sich allerdings schon vorher Sorgen über möglicherweise …

GEFÄHRLICHE WEIHNACHTEN

„Frohe Weihnachten! Na, haben S' eh schön g'feiert?"

„Danke der Nachfrage! Leider hab i mi a bisserl überfressen und jetzt so a komisches Sodbrennen!"

„Dafür hab i ma des Kreuz verrissen, wie i den Christbaum aufg'stellt hab!"

„Ja, Weihnachten is oft lebensg'fährlich! Beim Aufputzen hab i ma voriges Jahr mit an klan Drahthakerl in Finger g'stochen. Ma glaubt ja gar net, wie des weh tut. Und Sorgen hab i mir g'macht wegen einer Blutvergiftung!"

„Für mi des Schlimmste war – wie i no die Amalgamplomben g'habt hab –, wenn mir beim Schokoladkosten a Stanniolpapierl zwischen die Zähnt kommen is!"

„Des hat so elektrisch bremselt, gellen S'? Und wenn erst die Stollwerck- und Manner-Zuckerln auf'm Zahnhals pickt san … furchtbar!"

„Da musst wirklich dankbar sein, dass d' schon die Dritten hast!"

„Damit hab i leider wiederum meine Probleme beim Christstollen. Wenn der a paar Tag alt is, derbeiß i'n nimmer!"

„A Christstollen kommt für mi schon lang nimmer in Frage! I bin allergisch auf die Nüss, was da drin san!"

„Und wie vertragen Sie des Fondue? Des machen wir jetzt nimmer mit Öl, sondern nur mehr mit Rindsuppen!"

„Aha? Brennt die überhaupt? Also wir nehmen allerweil an Spiritus!"

Neben Opa nimmt man sich kein Blatt vor den Mund, denn er ist ja schon lange ziemlich …

SCHWERHÖRIG

„Na, bei euch war des Christkind aber wirklich brav!", sagte Frau Hebenstreits Nachbarin bei einem Kurzbesuch nach den Feiertagen. In einem Eck des Wohnzimmers saß der alte Großvater der Hebenstreits ganz in die Lektüre seiner Zeitung versunken.

„Na ja, i glaub, es hat jeder kriegt, was er sich g'wünscht hat! Nur bei unserm Opa da war's net so leicht, weil er ja eigentlich eh alles hat, was er braucht!"

„Ja, mei, als alter Mensch hast a nimmer diese Interessen wie früher …"

„Außerdem hört er nix mehr!", ergänzte Frau Hebenstreit mit einem bedeutungsvollen Augenrollen.

„Grüß Sie, Herr Hebenstreit! Wie geht's uns denn so?", rief die Nachbarin in Richtung Opa, aber der reagierte nicht. Und etwas leiser sagte sie: „Unser Oma is ja a scho völlig derrisch!"

Frau Hebenstreit fügte hinzu: „I glaub, er kriegt überhaupt nimmer alles so mit. Und deswegen hab'n wir ihm zu Weihnachten a bisserl a Geld g'schenkt, damit er sich an Wein kaufen kann, wenn er um die Ecken zum Heurigen geht. Des kann er ja no!"

„Na, da hat er sich sicher g'freut!"

Frau Hebenstreit erhob die Stimme: „Gell Opa! A Geld kann ma immer brauchen! Hast des Kuvert eh no net verloren? Musst guat aufpassen, da san fünfhundert Euro drin!"

Da senkte der Opa plötzlich seine Zeitung und sagte mit klarer Stimme: „Jetzt nimma!"

„Opa!", rief Frau Hebenstreit völlig verdattert. „Wieso hörst du mi?"

„Weil i ma mit dem Geld a Hörgerät kauft hab!"

Die Lustigkeit eines in Gesellschaft verbrachten Abends lässt sich weder voraussagen noch wiederholen. Deshalb ist Vorsicht geboten, bei einer …

SILVESTEREINLADUNG

„Servus Josef, wie schaut's aus? Feier ma Silvester wieder miteinander? Das wird bestimmt lustig!"

„Das geht heuer leider nicht!", antwortete Josef und begann fieberhaft nachzudenken. Der Silvesterabend bei den Rieglers war nie besonders lustig gewesen und beim letzten Mal schon gar nicht. Also sagte er aufs Geratewohl:

„Wir sind nämlich schon fix bei den Leitners!"

Schon nach kurzer Zeit kamen Josef Bedenken, weil mit denen ja gar nichts ausgemacht war, und er wählte schnell die Telefonnummer der Familie Leitner.

„Hallo, was machts ihr denn heuer zu Silvester?", fragte er, und man konnte deutlich hören, wie Herr Leitner zögerte.

„Du, i sag's gleich, wir feiern leider bei den Stadlers!"

„Wieso leider?"

„Weil wir eigentlich die Brunners einladen wollten, die aber schon bei den Bergers sind!"

„Also, ich wollt dir eigentlich nur sagen, falls ihr die Rieglers trefft, sagts ihnen bitte, dass wir heuer bei euch feiern!"

Am nächsten Tag rief Leitner den Josef zurück und sagte: „Jetzt hamma den Salat! Ich seh wirklich den Riegler auf der Straßen und sag ihm, dass ihr heuer zu uns kommts, worauf er meint, wir sollten doch alle miteinander bei ihnen feiern. Er hätt den meisten Platz und die beste Bowle. Wir können aber net, weil wir schon bei den Müllers san!"

„Mir hast gestern erklärt, ihr gehts zu den Stadlers, weil die Brunners net kommen können!"

„Ja, also, des hab ich nur g'sagt, weil wir heuer endlich einmal allein feiern wollten!"

„Ja, wir doch auch!"

Es entstand eine ganz kurze, feierliche Stille. Die beiden Freunde hatten sich ehrlich ausgesprochen, und das erzeugte ein Gefühl der tiefen inneren Verbundenheit, sodass Josef ganz spontan sagte – ja sagen musste:

„Weißt was? Wenn wir schon endlich einmal alleine feiern, dann sollt ma des gemeinsam machen. Ich frag gleich die Pichlers, ob s' auch Zeit ham!"

Schadenfreude ist die reinste Freude. Darüber kann man streiten – auf jeden Fall ist sie die Grundlage vieler ...

SCHERZARTIKEL

Es war der letzte Tag des Jahres. Ein etwas illuminierter Herr stolperte in ein Scherzartikelgeschäft.

„Gu'n Tag. I wollt bidde wissen, was Sie so für Sachen hab'n. Weil mir feiern den Jahreswechsel heute mit die Schwiegereltern!"

„Verstehe, deshalb haben Sie auch schon ein bisserl vorgeglüht?"

„Na, des kann ja net schaden oder?"

„Also, da hätt ma zum Beispiel unser'n Klassiker, den Scherzzucker ..."

„Wo die grausliche Flieag'n aufdaucht? Na, den hamma schon amoi g'habt. Der Onkel Otto hat's g'schluckt und net amoi g'merkt!"

„Es gibt auch noch den Würfelzucker, der zu schäumen beginnt!"

„Können ma den amoi probeweis in a Wasser tuan!"

„Tut ma leid, aber des geht net! Da müssen's ihn schon kaufen!"

„Aber dann is er ja scho aufg'löst! Also na! Dann zeig'n S' ma bitte was anders!"

Der Verkäufer legte eine Scherztinte auf den Tisch. Der illuminierte Kunde ergriff sie und bespritzte damit den weißen Geschäftsmantel seines Gegenübers.

„Hören Sie! Das können Sie doch nicht machen!"

„Wieso? Der Fleck is ja angeblich in aner Minuten eh wieder weg!"

„Manchmal bleibt er aber auch!"

„Dann nimm i lieber des Niespulver!"

Der Illuminierte schnappte sich ein kleines Säckchen, das in einer Schale auf der Budel lag.

„Das probieren S' aber jetzt nicht auch noch aus!", rief der Verkäufer, doch da hatte der Kunde den feinen Inhalt schon in die Luft geblasen.

Der Illuminierte und der Verkäufer begannen um die Wette zu niesen. Dabei verlor der Kunde das Gleichgewicht und fiel in eine Palette mit Spinnen und lebensechten Gummischlagen. Wild schlug er um sich, zerschmetterte einen Behälter mit Juckpulver und kletterte schließlich mit absurden Verrenkungen auf einen großen, bunt geschmückten Karton. Der öffnete sich, und ein herausspringender Kasperlkopf beförderte den Illuminierten in hohem Bogen durch die Tür hinaus auf die Straße.

Der wild niesende Verkäufer rief ihm nach: „Macht ... mit der Tür ... hatschi ... 1.499 Euro!"

„Auch eure Weihnachtsengel Ambrosius und Blasius freuen sich, wenn ihr Menschen da unten fröhlich seid. Wir machen gerade ein paar Tage Urlaub im Wolkenparadies Elysium, inklusive Sphärenmusik und Flügelkraulen!"

„Ein gutes neues Jahr wünschen wir euch! Und falls euch jemand fragen sollte, wie Weihnachten so war, dann sagt bitte ja nicht …

WIE IMMER

Man hört es oft, dass einer sagt,
(sich über Weihnachten beklagt):
„So mühsam ist die Prozedur,
für diese Augenblicke nur,
wo man dann sagen kann, es war
halt wieder schön wie jedes Jahr:

Der Baum war groß, das Essen gut
und die Familie wohlgemut,
was du geschenkt hast, hat gepasst,
auch das, was du bekommen hast.
Bei allem, was wir machen hier,
da grüßt doch schon das Murmeltier!"

Doch wer in dieser lauten Welt
nur einmal kurz die Luft anhält,
der merkt, wie sich die Erde dreht
wie alles kommt und wieder geht.
So viele Menschen, die dir nah
und wichtig war'n, sind nicht mehr da.
Du sitzt, wo sie gesessen sind,
und vor dir spielt ein kleines Kind.
So bist auch du heut gar nicht mehr,
der du noch warst im Jahr vorher.

Du hast von manchem dich entfernt,
und anderes dazugelernt,
wurdest enttäuscht und überzeugt,
da aufgerichtet, da gebeugt.
Kurzum, es ist doch sonnenklar:
Kein Weihnachten ist so, wie's war
in irgendeinem früh'rem Jahr.

WELCHER TEXT EIGNET SICH BESONDERS FÜR ...?

Hörbehinderte, nur scheinbar	111	1'20
Internetmeetingteilnehmer, erschöpfte	17	2'05
Kinder, Eisenbahn spielende	105	1'50
Kinder, ungeduldige	47	0'40
Kinder, vom Ganslessen geprägte	90	1'15
Krampusse, deprimierte	14	1'25
Krimifreunde, anspruchsvolle	103	1'40
Künstler, auftretende	20	0'50
Lebkuchenverweigerer, überzeugte	16	1'16
Leute, alles an einem Tag feiernde	78	1'40
Mailboxansager, spontane	46	1'10
Mamas, überarbeitete	70	1'05
Menschen, den Heiligen Abend feiernde	99	0'40
Modelleisenbahner, nostalgische	51	1'20
Naschkatzen, süße	44	1'50
Nikoläuse, unaufmerksame	19	1'30
Paketboten, bis zuletzt ausliefernde	95	1'50
Paketverteiler, familieninterne	28	2'00
Pessimisten, ewige	110	1'10
Pfarrer, einfallsreiche	93	2'10
Puppenspieler, kleine	62	1'00
Scherzartikelfreunde, leicht boshafte	115	1'55
Schmalfilmer, seinerzeitige	36	2'15
Schwiegermütter, Krawatten schenkende	82	1'40
Silvestergäste, Unterhaltung suchende	113	1'40
Spaziergänger, einsame	88	0'50
Theaterbesucher, verschreckte	38	2'00

Tortenbäcker, vermeintliche	32	1'45
Verwender von Kerzenhaltern	67	1'50
Vogelfreunde, dankbare	54	1'20
Waldbauernbuben, einkaufende	80	2'20
Weihnachtsengel, bühnenbegabte	42	1'15
Weihnachtsengel, digital interessierte	107	1'00
Weihnachtsengel, fleißige	8	1'20
Weihnachtsengel, marketinginteressierte	26	1'15
Weihnachtsengel, naschende	57	0'50
Weihnachtsengel, philosophische	117	1'00
Weihnachtsengel, übereifrige	91	1'05
Weihnachtskartenempfänger, enttäuschte	22	1'30
Weihnachtsprofis, einfallsreiche	41	1'05
Wellnessurlauber, begeisterte	50	1'00
Wunschbriefverfasser, individuelle	24	1'55

KENNEN SIE SCHON MEINE ANDEREN BÜCHER?

Was wäre Weihnachten ohne festlichen Lichterschein? Nicht nur auf dem Baum selbst, sondern auch auf Fenstern und Balkonen? In letzter Zeit trägt er aber seltsame Blüten, der Wettbewerb um die eindrucksvollste …

WEIHNACHTSBELEUCHTUNG

Als Herr Obermüller sein kleines Tannenbäumchen im Vorgarten mit ein paar elektrischen Kerzen schmückte, fand das jeder entzückend. Damals, vor ein paar Jahren, waren solche Lichter noch etwas Besonderes, und mancher Passant, der an der beleuchteten Tanne vorüber kam, nahm sich vor, beim nächsten Weihnachtsfest auch etwas glitzern zu lassen.

Und wirklich. Im darauf folgenden Jahr hatten schon fünf Siedlungshäuser in der Straße ihre Adventbeleuchtung. Bei Herrn Redlich strahlten die Fensterrahmen, bei Frau Quapil die Thujenhecke und bei Familie Kargl das Balkongeländer.

‚Lächerlich', dachte Herr Moravec und montierte im nächsten Dezember einen zehn Meter breiten Lichtervorhang an seiner Dachrinne. Familie Panny übertraf ihn jedoch mit einem zwei Meter hohen, von innen beleuchteten Weihnachtsmann und Dr. Sommerhuber mit einer Laser-Lichtkanone, die er bei einem Ärztekongress in Tokio erstanden hatte.

Man kann sich vorstellen, mit welcher Spannung die weihnachtliche Lichtershow im vorigen Jahr erwartet wurde. Kaum machte sich einer der Siedlungsbewohner an seinem Haus oder in seinem Garten zu schaffen, wurde er von allen anderen äußerst misstrauisch beobachtet. Die Laserkanone gab's ja inzwischen als Weihnachtsangebot bei Ikea, und auch mit den blinkenden Krippenfiguren für den Rauchfang war längst kein Eindruck mehr zu schinden.

Endlich näherte sich der erste Adventsonntag. Familie Rusicka freute sich schon auf die langen Gesichter der anderen, wenn sie ihren Video-Großbildprojektor in Betrieb nehmen würde, um ein tolles Weihnachtsvideo mit Pavarotti, Domingo und Carreras an die gegenüberliegende Feuermauer zu werfen. Familie Rusicka wusste allerdings nichts vom Feuerwerk, das Familie Pitzelberger vorbereitet hatte und ab 17 Uhr jeweils zur vollen Stunde zünden wollte. Und alle zusammen hatten sie keine Ahnung davon, dass der alte Herr Rumpler nur darauf wartete, mit einem historischen Flak-Scheinwerfer den Stern von Bethlehem in die Wolken zu zaubern.

Es dämmerte. Die Siedlungsbewohner lauerten an ihren Schalthebeln, und da blitzte auch schon der erste Christbaum auf. Sekundenbruchteile später folgten der Fünf-Kilowatt-Zauberwald von Diplomingenieur Hübl und die Video-Projektion der Rusickas. Als der Herr Rumpler seinen Flak-Scheinwerfer in Betrieb nahm, gab es einen Riesenknall. Das Transformatorenhäuschen der Siedlung explodierte, und alles lag im Dunkeln.

Die Reparaturarbeiten dauerten bis zum 27. Dezember, und es wurden die stimmungsvollsten Weihnachten, die man jemals erlebt hatte.

Der Bestseller „Engel 2" – schon in der 7. Auflage!

**Erhältlich im Buchhandel oder direkt beim
Kral-Verlag (www.kral-verlag.at)**

Vor Weihnachten werden ja die verschiedensten Bäckereien produziert. Am beliebtesten sind aber wahrscheinlich die …

VANILLEKIPFERLN

„Was sagst du zu meinen Vanillekipferln?", fragte Gerlinde ihren Mann Kurt.

„Wunderbar, wirklich gut!"

„Nicht *sehr* gut?"

„Wenn du willst, *sehr* gut!"

„Was heißt, wenn du willst? Ich möchte schlicht und einfach wissen, ob sie dir schmecken!"

„Sie schmecken mir!"

„Hast du schon ein Kipferl gekostet?"

„Nein!"

„Wie kannst du dann sagen, dass du sie gut findest?"

„Weil ich deine Kipferln kenne!"

„Warum sagst du das so merkwürdig? Sind sie vielleicht schlechter als die Kipferln deiner Mutter?"

„Das will ich nicht so direkt vergleichen!"

„Wieso? Kipferl ist Kipferl!"

„Eben nicht! Die Vanillekipferln meiner Mutter sind zum Beispiel weiß und deine ganz braun!"

„Ja, weil ich sie mit Nüssen mache und deine Mutter mit geschälten Mandeln. Es gehören aber Nüsse rein!"

„Wer sagt das?"

„Ich! Weil dieses Rezept von meiner Mutter stammt und die es schon von ihrer Mutter bekommen hat!"

„Vielleicht hat sich deine Familie einfach keine Mandeln leisten können! In eurem Rezept sind ja auch keine Eier drin!"

„Also wenn jemand sparsam ist, dann deine Mutter! Die nimmt ja sogar Margarine statt der Butter!"

„Sicher! Weil die Kipferln mit der Margarine haltbarer sind!"

„Wirklich gute Kipferln müssen gar nicht haltbar sein! Die sind nämlich nach drei Tagen aufgegessen!"

In diesem Moment kam Tochter Julia in die Küche und wurde sofort in die Zange genommen.

„Julia, sag uns bitte ganz ehrlich, welche Vanillekipferln dir besser schmecken!", rief Gerlinde. „Die von Papas Mutter oder meine …"

„Ich hasse Vanillekipferln!", antwortete Julia. „Aber frag doch meinen Freund, den Willy! Der kann sie kiloweise essen. Allerdings nur, wenn sie seine Mutter gebacken hat!"

Der Bestseller „Engel 3" – schon in der 6. Auflage!

Angenommen, man könnte seine Wünsche ans Christkind auch telefonisch bekanntgeben. Versuchen wir einmal so einen ...

ANRUF IM HIMMEL

„Herzlich willkommen im Himmel, wir freuen uns über Ihren Anruf! Wollen Sie eine Auskunft zum Ewigen Leben, dann wählen Sie die 1, brauchen Sie Vergebung für Ihre Sünden, dann wählen Sie die 2, oder wollen Sie mit unserer Weihnachtsabteilung verbunden werden, dann wählen Sie die 3!"

„Pip"

„Im Augenblick sind alle Leitungen besetzt. Bitte legen Sie nicht auf, einer unserer Engel wird sich in Kürze melden …"

„Geh bitte …!"

„Wolke fünf, Rafaela, was kann ich für Sie tun?"

„Grüß Gott!"

„Ich richte es ihm gerne aus, er ist gerade in einer Besprechung!"

„Sie können mir hoffentlich auch helfen. Meine kleine Tochter wünscht sich zu Weihnachten ein Pferd, und das kommt natürlich überhaupt nicht in Frage! Wir haben eine Wohnung im dritten Stock!"

„Wir haben schon Pferde in den sechsten Stock geliefert! Aber grundsätzlich dürfen wir Weihnachtswünsche nur mit Zustimmung des Wunschbriefverfassers ändern!"

„Unsere Tochter ist sieben und daher minderjährig!"

„Dann brauchen wir einen Nachweis, dass Sie der Erziehungsberechtigte sind. Den Bescheid über die Familienbeihilfe zum Beispiel."

131

„Ich werd Ihnen den gleich mailen!"

„Das hat Zeit ... vor Weihnachten können wir den Akt sowieso nicht mehr bearbeiten!"

„Das heißt, das Pferd lässt sich nicht mehr abbestellen?"

„Leider nicht! Wir könnten höchstens noch die Lieferadresse ändern!"

„Dann schicken Sie es in Gottes Namen an meine Schwiegereltern, die wohnen wenigstens ebenerdig!"

„Wären die damit einverstanden?"

„Wahrscheinlich nicht! Aber wieso muss dieser Wunsch meiner Tochter eigentlich erfüllt werden?"

„Weil Sie die vierzehntägige Einspruchsfrist gegen ihren Brief versäumt haben!"

„Und was machen wir jetzt?"

„Wie heißt denn Ihre Tochter?"

„Genevieve Novacek"

„Mit V oder W?"!

„Mit N wie Novacek!"

„Ah, da ist sie schon, und ich muss sagen, Sie haben Glück! Ihre Tochter wünscht sich gar kein Pferd!"

„Sondern?"

„Einen Dinosaurier!"

ISBN: 978-3-99024-778-5 / EUR 22,90

**Erhältlich im Buchhandel oder direkt beim
Kral-Verlag (www.kral-verlag.at)**

133

Alles ist heute schnelllebiger geworden. Jeder will immer das Neueste haben und schmeißt das Alte weg, obwohl es vielleicht noch funktioniert. Das sieht man ganz deutlich, wenn sich am Samstag Vormittag alle treffen, …

AM BAUHOF

„Grüß Sie, Herr Dworschak! Na? Samma a wieder einmal am Bauhof? Ma soll's ja net glauben, was sich im Lauf der Zeit für a Glumpert ansammelt. Aber jetzt hat mei Frau g'sagt, wenn i mein Hobbykeller net selber aufram, dann macht des sie!"

„Ja, Herr Pischinger, des is bei mir genau so! Und jetzt hab i des ganze Auto vollg'stopft mit die Sachen zum Weghauen!"

„Lassen S' einmal schauen, was Sie da alles ham! Aha? An von die ersten Kassettenrekorder aus die 60er-Jahr! Wissen S', dass die heut scho selten san?"

„Wollen S'eahm leicht ham? Sonst schmeiß i'n da drüben in Container!"

„Na ja, eigentlich wär's schon schad drum! Und was is mit dem Aquarium? Is des no dicht?"

„Sowieso, aber wir ham schon seit zwanzig Jahr kane Fisch! I frag mi aber viel mehr, warum Sie die Schreibtischlampen weggeben, die is doch no super beinand!"

„Können Sie's brauchen? I nimm Ihnen dafür den Kassettenrekorder und des Aquarium ab!"

„Von mir aus gern! Aber is des Ihna Ernst, dass Sie den Bilderrahmen wegschmeißen?"

„Er passt halt net in unser Wohnung!"

„Bei uns glaub i scho! Bilderrahmen gegen Modellflieger?"

„Gern! Dann gib i Ihnen den Vogelkäfig no dazu, und Sie überlassen ma die alte Brotdosen!"

Die beiden Männer begannen, systematisch das Gerümpel untereinander auszutauschen, bis am Ende nur mehr ein alter Commodore-Computer übrigblieb, den keiner haben wollte.

„Den hau ma aber wirklich weg!", beschlossen sie und brachten ihn gemeinsam zum Behälter mit dem Elektronikmüll. Dort ging die Diskussion weiter.

„Herr Dworschak! Schaun S', was die Leut alles weghaun! I halt's net aus!"

„An Diaprojektor!"

„A elektrische Schreibmaschin mit'm Kugelkopf!"

„A Minerva-Radio aus die 50er-Jahr!"

Gegen ein Trinkgeld von zwanzig Euro hatte der Bauhofbedienstete nichts dagegen, dass Dworschak und Pischinger all diese antiken Kostbarkeiten in ihre Autos verluden. Übrigens gerade noch rechtzeitig, denn schon standen zwei Männer vor dem Elektroschrott und fragten sich, welche Trotteln einen 30 Jahre alten, historisch wertvollen Commodore Amiga-Spielcomputer wegschmeißen!

ISBN: 978-3-99024-895-9 / EUR 24,90

**Erhältlich im Buchhandel oder direkt beim
Kral-Verlag (www.kral-verlag.at)**

Was unternehmen Sie, wenn Sie als Autofahrer auf der Straße ein Verkehrshindernis entdecken? Ganz richtig: Sie beseitigen das Hindernis nicht, sondern verständigen den Verkehrsfunk Ihres Lieblingssenders, und wenige Minuten später weiß man im ganzen Land von der ...

DIE MATRATZE AUF DER AUTOBAHN

„ Verkehrsdienst um 7 Uhr 30:

Achtung Autofahrer! Auf der A1, der Westautobahn, zwischen Böheimkirchen und St. Pölten ist die Überholspur durch eine dort liegende Matratze blockiert. Die Polizei empfiehlt, der Matratze auszuweichen."

„8 Uhr 30 – Hier ist der superste Verkehrsdienst Österreichs:

Wegen einer auf der Überholspur befindlichen Matratze ist die A1 Richtung Salzburg kurz vor St. Pölten nur erschwert passierbar. Zahlreiche schaulustige Autofahrer haben bereits einen kilometerlangen Stau verursacht."

„9 Uhr 30 – Neues vom Verkehr auf Österreichs Straßen:

Nach wie vor Matratzenbehinderung auf der Westautobahn. Die Polizei hat bereits ermittelt, dass die Matratze nicht absichtlich auf der A1 abgelagert wurde, sondern vermutlich von einem PKW verloren worden ist. Alle Besitzer solcher Fahrzeuge werden gebeten, sich bei der Exekutive zu melden, damit festgestellt werden kann, ob es sich um ihre Matratze handelt."

„Verkehrsnachrichten um 10 Uhr 30:

Sperre der A1, der Westautobahn, Richtung Salzburg zwischen Böheimkirchen und St. Pölten. Ein Hubschrauber ist auf dem Pannenstreifen gelandet und versorgt die Autofahrer, die sich auf der Matratze niedergelassen haben, mit Speisen und Getränken."

„11 Uhr 30 – Wir sagen Ihnen, was verkehrsmäßig läuft:

Auf der Matratzenautobahn wurde knapp vor St. Pölten ein Gegenverkehrsbereich eingerichtet. Diese Maßnahme wird voraussichtlich vier Wochen lang notwendig sein, da die Entfernung der Matratze infolge Feiertagen und Urlaubszeit im Augenblick nicht möglich ist."

„Verkehrsservice um 7 Uhr 30:

Heute wird ein neues Autobahnteilstück zwischen Böheimkirchen und St. Pölten dem Verkehr übergeben. Der Bau dieser Umfahrung war notwendig geworden, da die alte Trasse durch eine auf ihr befindliche Matratze nicht mehr befahren werden konnte. Der Bau kostete eine Milliarde Euro und soll durch die Einführung einer zehnprozentigen Matratzensteuer finanziert werden."

Zufällige Begegnungen auf der Straße können mitunter recht peinlich werden. Denn aus unerfindlichen Gründen sagt man, ohne es ganz ernst zu nehmen:

BESUCHEN SIE MICH DOCH!

„Ja, Grüß Gott, na das ist schön,
dass wir zwei uns wiedersehn!
Eine Ewigkeit ist's her,
nein, noch länger, bitte sehr,
dass wir so geplaudert hab'n,
mach ma doch was, irgendwann!
Kommen S' mich einmal besuchen,
sonntags bei Kaffee und Kuchen,
gleich am nächsten Wochenend,
weil ich das sehr günstig fänd!
Nein, es geht erst in zwei Wochen?
Da hab ich schon was versprochen.
Wie wär's denn ein Monat später?
Was sag'n Sie, da wird's noch blöder,
weil da gehn Sie dann auf Kur?
Na, dann sag ich eines nur:
In zwei Jahren oder drei
ist bei mir noch alles frei.
Rufen S' mich ganz einfach dann,
wenn Sie Zeit hab'n, einmal an!
Und jetzt, da entschuld'gen S' mich,
ich hab's eilig, fürchterlich!"
Sprach's und seufzt mit einem Stoß:
„So, den Trottel wär ich los!"

Gute Unterhaltung für Alt und Jung!

ISBN: 978-3-99024-857-7 / EUR 22,90

**Erhältlich im Buchhandel oder direkt beim
Kral-Verlag (www.kral-verlag.at)**

Autofahrer unterwegs

Hörst du dir manchmal was im Radio an? Na ja, heutzutage wartet man kaum mehr auf eine bestimmte Sendung, sondern dreht einfach auf, wenn einem danach ist. Früher war das anders. Da wusste man genau, was man sich anhören wollte, zum Beispiel zu Mittag die Sendung „Autofahrer unterwegs".

Du kannst alle fragen, die zumindest so alt sind wie deine Eltern, sie werden den „Autofahrer" ganz sicher kennen. Wenn die Kennmelodie gespielt wurde, wusste man, jetzt ist es Zeit zum Mittagessen.

Rosemarie Isopp und Walter Niesner hatte ich als Sprecher besonders gern. Die Sendung kam meistens aus einem Saal mit Publikum, und wenn ein Musikstück angesagt wurde, hatte man immer das Gefühl, als würden die Musiker und Sänger dort live auf die Bühne kommen. In Wirklichkeit wurden meistens nur Schallplatten gespielt, aber die Leute klatschten trotzdem – erst recht, wenn dann einmal wirklich Stars wie Udo Jürgens oder Caterina Valente persönlich zu Gast waren.

Immer wieder sagten die Sprecher und Sprecherinnen den Autofahrern, die die Sendung in ihren Autoradios hörten, dass sie Straßenkameraden wären und einander helfen sollten, wenn sie ein Problem hätten. Und viele haben das dann auch wirklich gemacht! Übrigens, die Fahrer von großen Lastautos nannte man damals ehrfurchtsvoll „Kapitäne der Landstraße".

DIA-ABEND

Es war immer ein besonderes Erlebnis, wenn Onkel Max und Tante Elfriede in den 1960er-Jahren zu einem Dia-Abend einluden. Mit einem sogenannten Diaprojektor zeigten sie dann ihre neuesten Urlaubsfotos – als leuchtende Bilder auf einer Leinwand – so wie im Kino.

Bei solchen Gelegenheiten servierte Tante Elfriede den ungefähr zwölf Gästen zuerst ihre köstlichen Spießchen, und dann wurde das Licht ausgemacht. Man hörte nur mehr das Surren des Projektors und die feierliche Stimme des Onkels: „Wie ihr wisst, waren wir heuer auf Urlaub in Jesolo ... und da ist auch schon der erste Schnappschuss: meine liebe Elfriede vor unserem Hotel!"

Tatsächlich, Tante Elfriede saß in einer Hollywoodschaukel und schlürfte ein rotes Getränk. Im nächsten Bild lag sie auf einem Liegestuhl am Strand, und so ging es weiter. Auf fast jedem der 400 Dias war irgendwo die Tante zu sehen, nur auf einem erblickte man plötzlich eine fremde hübsche Frau beim Sonnenbaden. Tante Elfriede war entsetzt, denn sie räusperte sich laut, und Onkel Max schaltete sofort aufs nächste Bild.

„Wer war denn das?", fragte meine Mutter. „Niemand!", antwortete der Onkel leise. „Da hab ich nur mein Teleobjektiv ausprobiert!"

Ich wusste damals nicht, was ein Teleobjektiv ist, aber es war mir klar, dass mein Onkel nicht die ganze Wahrheit gesagt hatte. Die fremde Frau hatte ihm halt gefallen.

VIERTELTELEFON

Wenn man jemanden anrufen will, benutzt man heute meistens ein Mobiltelefon, also das Handy. Vor 60 Jahren waren die Telefone aber noch schwarze Kästchen und oft an der Wand festgeschraubt, jedenfalls hingen sie an einem Kabel. Herumgehen konnte man mit ihnen also nicht, man musste schon froh sein, wenn man überhaupt einen Apparat hatte. Eigene Telefone besaßen nämlich nur Geschäfte, Hotels, der Arzt und andere wichtige Leute. Die anderen gingen zum Telefonieren meistens aufs Postamt oder in eine Telefonzelle – und natürlich auch nur, wenn's ganz wichtig war.

Als wir zu Hause endlich ein eigenes Telefon bekamen, war ich schon zehn Jahre alt. Das war ein tolles Gefühl, plötzlich mit der ganzen Welt verbunden zu sein, aber es gab noch einige Zeit lang ein Problem: Wir mussten uns nämlich einen Telefonanschluss mit drei anderen Familien in der Nachbarschaft teilen, das heißt, wir hatten ein sogenanntes Vierteltelefon. Wenn irgendeiner dieser Nachbarn telefonierte, war unser Telefon nicht zu verwenden. Umgekehrt, wenn wir redeten, hatten alle drei anderen Pause.

Außerdem war das Telefonieren ziemlich teuer. Und so stand neben dem Apparat eine Sparbüchse, in die jeder von uns, der etwas länger telefonierte, ein paar Münzen einwerfen musste.

Und da sind noch die Live-CDs
mit vielen Liedern und Texten:

EUR 14,90

Was ma so redt ...

Peter Meissner live!

Was ma so redt ...

... es lohnt sich zuzuhören: im Bus, im Wirtshaus und auf der Straße. Da entwickeln sich Szenen mit einem äußerst hohen Unterhaltungswert, die man eigentlich nur noch aufschreiben muss. Ich habe daraus Lieder und Geschichten gemacht, die Ihnen hoffentlich genau so viel Freude machen wie mir beim Schreiben. Herzlichen Dank an Thomas Zinnbauer, in dessen 'Immerland' in Traiskirchen ich meinen Auftritt am 23. Oktober 2005 aufnehmen durfte, an Helmut Zahradnik, der die CD mit so großer Begeisterung realisiert hat und an Ewald Wappel, der mir als Aufnahmeleiter zur Seite gestanden ist.
Ja, und natürlich danke ich ganz besonders jenen, die mir den Stoff zu meinen Stückeln geliefert haben. Also Ihnen, meinem geschätzten Publikum!

Peter Meissner
DAUERND IS IRGENDWAS

Lieder und Geschichten über die (kleinen) Katastrophen des Alltags

DAUERND IS IRGENDWAS

... das wird niemand bestreiten können. Immer dann, wenn man sich einmal gemütlich zurücklehnen und so richtig schön langweilen will, kommt irgendwas daher. Und sei es nur, dass man sich beim Gartenmöbel tragen das Kreuz verreißt, die Fernbedienung für den Fernseher hinter das Sofa fällt oder auf den Geburtstagseinladungen das falsche Datum steht. Von solchen und ähnlichen Alltäglichkeiten handelt diese CD, die Tonmeister Helmut Zahradnik an einem gemütlichen Abend im März 2009 aufgenommen hat.

Schau ma amoi...

Peter Meissner live!

Peter Meissner in aller Kürze:

geboren 1953 in Baden, 2.Platz bei der ORF-Show-Chance 1974, Plattenvertrag bei Amadeo, Komposition von bisher rund 240 Liedern, veröffentlicht auf insgesamt 26 Tonträgern, ab 1977 Moderator und Sendungsgestalter beim ORF-NÖ, Autor mehrerer Hörspiele, 1980 Abschluss eines Maschinenbaustudiums an der TU-Wien, danach Konstrukteur bis 1987, von 2000 bis heute 13 Bücher, mit vorwiegend heiteren Kurzgeschichten, 2016 Österreichischer Radiopreis (1.und 2.Platz für 'Beste Musiksendung' und 'Beste Comedy')

EUR 14,90

Erhältlich im Buchhandel, direkt beim Kral-Verlag (www.kral-verlag.at) und bei Peter Meissner (meissner.pm@gmail.com)

Neuigkeiten, Auftrittstermine und Kontaktmöglichkeit gibt's auf meiner Internetseite:

www.petermeissner.at